GEBONDEN

GEVANGEN: BOEK 2

ANNA ZAIRES

♠ MOZAIKA PUBLICATIONS ♠

I

ZIJN GEVANGENE

ulia

Een gedetineerde. Een gevangene.

Nu Lucas' zware, gespierde lichaam me tegen het bed pint, voel ik me dat meer dan ooit. Mijn polsen worden boven mijn hoofd vastgehouden en mijn lichaam wordt bezeten door de man die me zojuist zowel de hemel als de hel heeft laten ervaren. Ik voel Lucas' penis slapper worden in mijn binnenste. Tranen branden achter mijn oogleden en ik wend mijn hoofd af zodat ik hem niet aan hoef te kijken.

Hij heeft me genomen en ik heb dat opnieuw toegestaan. Nee, niet alleen toegestaan – ik heb hem verwelkomd. Hoewel ik weet hoezeer mijn cipier me haat, kuste ik hem vrijwillig. Maar voor zulke dromen en fantasieën is in mijn leven geen ruimte.

Voor toegeven aan mijn verlangen naar een man die me gaat doden ook niet.

Ik weet niet waarom Lucas het nog niet heeft gedaan. Waarom lig ik zijn bed in plaats van in een martelschuurtje, gebroken en bloedend? Dit is niet wat ik verwachtte toen Esguerra's mannen me gisteren hierheen brachten en ik me realiseerde dat de man wiens dood ik veroorzaakt meende te hebben, in leven was.

In leven en vastbesloten me te straffen.

Lucas beweegt zich en ik voel de koele lucht van de airconditioning op mijn bezwete huid. De spieren in mijn binnenste trekken samen als zijn penis uit me glijdt en ik word me bewust van een diep schrijnen tussen mijn benen.

Mijn keel knijpt samen en het branderige gevoel achter mijn oogleden neemt toe.

Niet huilen. Niet huilen. Ik herhaal de woorden als een mantra zodat ik mijn tranen onder controle kan houden. Maar dat kost me meer moeite dan zou moeten en dat komt door wat er zojuist tussen ons is voorgevallen.

Pijn en genot. Angst en opwinding. Ik wist niet dat die combinatie zo verwoestend kon zijn. Het zou niet eens in me opgekomen zijn dat ik zo kort na die herinneringen aan mijn verleden zou kunnen klaarkomen.

Niet nadat ik me die ervaring met Kirill herinnerde.

Alleen al de gedachte aan mijn trainer laat de brok in mijn keel aanzwellen. Opnieuw dreigen die afschuwelijke herinneringen me te overweldigen.

Nee, stop. Niet aan denken.

Lucas tilt zijn hoofd op en een zucht van opluchting ontsnapt me als hij mijn polsen loslaat en van me af rolt. Eenmaal diep inademend weet ik het brandende gevoel achter mijn oogleden te verdrijven.

Precies, ik heb gewoon wat afstand van hem nodig.

Na nog een ademteug kijk ik om. Lucas is opgestaan en verwijdert het condoom. Als onze blikken elkaar kruisen, zie ik een vleugje verwarring in de zijne. Maar voor ik dat heb kunnen verwerken, is de emotie verdwenen en staat zijn vierkante kaak even hard en ontoegeeflijk als eerst.

'Opstaan.' Lucas pakt me bij mijn arm. 'Kom mee.' Hij sleurt me van het bed af.

Ik voel me te beverig om me te verzetten, dus strompel ik mee de gang door.

Voor de badkamerdeur blijft hij staan. 'Wil je even gaan?' vraagt hij. Ik knik dankbaar. Ik heb wel langer nodig dan even – dit verwerken kost me een eeuwigheid – maar als dit is wat ik kan krijgen, grijp ik dat kleine beetje privacy met beide handen aan.

'Haal je niets in je hoofd,' zegt hij nog voor ik de deur sluit. Die waarschuwing neem ik ter harte: ik ga alleen plassen en was snel mijn handen. Al kon ik een wapen vinden, dan had ik er nu toch de kracht niet voor. Ik voel me zowel fysiek als mentaal uitgeput. Mijn geest schrijnt bijna evenzeer als mijn lichaam. Het is me gewoon te veel: dat korte moment van verbinding, zijn plotse kille, wrede gedrag, de herinneringen en dan dat verzengende genot.

Het feit dat Lucas mij heeft genomen terwijl hij een vriendin heeft: dat donkerharige meisje dat me door het raam bespioneerde.

Mijn keel knijpt opnieuw dicht en ik moet bewust een snik onderdrukken. Waarom is naast al het andere die gedachte nou juist zo pijnlijk? Ik hoef niets te verwachten van mijn cipier. In het gunstigste geval ben ik een speeltje, een bezit. Hij speelt met me tot ik hem verveel en dan breekt hij me.

Hij zou me doden zonder zelfs maar met zijn ogen te knipperen.

'Je bent van mij,' zei hij toen hij me neukte. Heel even dacht ik dat hij het meende. Heel even dacht ik dat hij zich net zo aangetrokken voelde tot mij als ik me tot hem.

Maar blijkbaar had ik het mis.

Mijn blik vertroebelt en ik knipper de tranen weg. In de spiegel zie ik mijn reflectie: hologig en zo wit als een doek. Die twee maanden in een Russische gevangenis hebben hun tol geëist. Waarom wil Lucas me eigenlijk? Zijn vriendin is veel knapper, met haar warm getinte huid en levendige trekken.

Een hard bonzen op de deur haalt me uit mijn gemijmer.

'Je tijd is om.' Lucas klinkt kortaf en ik weet dat ik

hem onder ogen moet komen. Daarom haal ik diep adem om mezelf te kalmeren en open de deur.

Hij staat aan de andere kant van de drempel op me te wachten. Ik verwacht dat hij me mee terugneemt naar de slaapkamer, maar in plaats daarvan stapt hij de badkamer binnen.

'Die kant op,' zegt hij terwijl hij me een zetje richting de douche geeft. 'We gaan ons opfrissen.'

We? Gaat hij mee douchen? Mijn binnenste knijpt samen en ik voel een blos over mijn hele lichaam kruipen, maar ik doe wat hij zegt. Niet alleen heb ik geen keus, de herinnering aan die walgelijke doucheloze weken in die Moskouse gevangenis staan me nog vers in het geheugen.

Al wil mijn cipier dat ik vijf keer per dag douche, dan doe ik het nog.

We passen makkelijk samen in de moderne, glazen douchecabine. Heel Lucas' huis is modern en opgeruimd. Het is een schril contrast met het kleine Sovjet–appartement dat ik in Moskou huurde.

'Je hebt een mooie badkamer,' flap ik eruit als hij de douche aanzet. Ik heb geen idee waarom ik hierover begin, maar elke vorm van afleiding is welkom. We staan naakt onder de douche en hoewel we net seks hebben gehad, kan ik mijn ogen niet van hem afhouden. Zijn spieren tekenen zich bij iedere beweging scherp af tegen zijn huid. Tussen zijn benen rust zijn penis tegen zijn ballen. Hij is nog altijd half stijf en het zaad dat eraan is blijven plakken, glinstert.

Hij is bij lange na niet de enige man die ik naakt heb gezien, maar wel de mooiste.

'Je vindt mijn badkamer mooi?' Lucas keert zich naar me toe en laat het water over zijn brede rug stromen. Zo te zien ben ik niet de enige die zich bewust is van de sensuele spanning tussen ons. Ik merk het aan de lome blik die hij over mijn lichaam laat gaan voor hij me weer aankijkt, aan de manier waarop hij zijn vuisten heeft gebald, alsof hij moeite moet doen me niet aan te raken.

'Ja.' Ik probeer mijn toon zorgvuldig neutraal te houden, alsof ik helemaal geen moeite heb met het feit dat we hier samen staan nadat hij me zojuist geweldig heeft geneukt en mijn emoties een puinhoop zijn. 'De eenvoudige aankleding bevalt me.'

Het is een verfrissende afwisseling ten opzichte van die gecompliceerde man.

In dit licht zijn zijn ogen meer grijs dan blauw en uit de blik die hij me toewerpt, maak ik op dat hij niet van plan is zich te laten afleiden. Er is een reden dat hij samen wilde douchen – en die reden wordt me duidelijk als hij me naast zich onder de waterstraal trekt.

'Door je knieën.' De woorden worden vergezeld door een duw op mijn schouders. Mijn knieën buigen door de kracht die hij uitoefent en ik zak op mijn knieën voor hem, mijn gezicht ter hoogte van zijn kruis. Zijn brede rug blokkeert het grootste deel van de straal, maar ik voel nog altijd druppels op mijn gezicht. Als hij mijn haren grijpt en mijn gezicht richting zijn stijver wordende penis duwt, sluit ik mijn ogen.

'Als je me bijt...' De bedreiging hoeft niet uitgesproken te worden; ik weet al dat het niet best met me zou aflopen. Ik wil hem uitleggen dat het dreigement overbodig is, dat ik geen kracht meer over heb om te vechten, maar daar krijg ik de kans niet voor. Zodra ik mijn lippen van elkaar doe, schuift hij zijn penis naar binnen, zo ver dat ik bijna kokhals voor hij zich weer terugtrekt. Ik snak naar adem en grijp me vast aan zijn sterke dijen. Opnieuw duwt hij zich in mijn mond, ditmaal langzamer.

'Goed zo, braaf meisje.' Zijn greep op mijn haren verslapt als ik mijn lippen om zijn grote erectie sluit en begin te zuigen. 'Ja, zo, schoonheid...' Bizar genoeg winden zijn aanmoedigingen me op. Ik ben nog nat van onze eerdere vrijpartij en ik voel een vlaag hitte tussen mijn benen. Snel pers ik mijn dijen tegen elkaar om de opwinding te bedwingen.

Ik kan hem echt niet nog een keer willen. Mijn vagina is ruw en opgezet en mijn binnenste voelt schraal aan na zijn brute binnendringing. Daarnaast herinner ik me die naderende duisternis, die herinneringen die me bijna mee hadden gevoerd. Samenzijn met een man als hij – die me volledig overmeestert en wil straffen – is mijn ergste nachtmerrie, maar dat lijkt er bij Lucas niet toe te doen.

Ik blijf opgewonden.

Mijn vingers grijpen hem harder vast als we een

ritme ontwikkelen en hij steeds wat dieper in mijn mond stoot, waarbij ik mijn uiterste best doe om mijn keelspieren te ontspannen. Ik heb genoeg ervaring met pijpen om het goed te kunnen en die vaardigheid pas ik nu toe: mijn beide handen omsluiten zijn ballen terwijl ik met mijn lippen blijf zuigen.

'Ja, zo.' Lust klinkt door in zijn stem. 'Ga door.'

Ik knijp wat harder in zijn ballen en neem hem nog dieper in mijn keel. Gek genoeg vind ik het niet erg om hem zo te plezieren. Hoewel ik op mijn knieën zit, heb ik het gevoel dat ik nu meer controle heb dan wanneer ook sinds ik vanochtend hier ben aangekomen. Ik laat hem dit doen en dat geeft me macht, ook al is het grotendeels een illusie. Ik ben zijn gevangene, niet zijn vriendin. Maar op dit moment kan ik net doen of ik dat wel ben, alsof de man die zijn penis tussen mijn lippen door stoot me als meer dan een seksobject ziet.

'Yulia...' Dan stoot hij helemaal door en houdt zich stil. Dikke klodders sperma spuiten mijn keel in. Ik doe mijn best te blijven ademen en te slikken, mijn handen nog altijd om zijn strak staande ballen gesloten.

'Brave meid,' fluistert hij. Hij wacht tot ik alles heb doorgeslikt en streelt door mijn haren, zachter dan ik ooit ervaren heb. Zijn waardering zou vernederend moeten zijn, maar ik geniet van dat kleine beetje tederheid, hoewel er een wanhopig randje aan de gretigheid zit waarmee ik die omarm. Ik ben moe, zo moe dat ik niets liever zou willen dan dat hij mijn haren blijft strelen terwijl ik in slaap wegzak.

Maar al snel helpt hij me opstaan. Ik open mijn

ogen als de waterstraal mijn borst in plaats van mijn gezicht raakt. Lucas zegt niets, maar als hij douchegel op zijn handpalm giet en me begint te wassen, is dat met diezelfde troostende tederheid.

'Leun maar naar achteren,' prevelt hij als hij achter me gaat staan. Ik leun tegen hem aan, mijn hoofd tegen zijn sterke schouder terwijl hij me wast: mijn borsten, mijn buik en de gevoelige plek tussen mijn benen. Dromerig bedenk ik dat hij me verzorgt. Mijn geest dwaalt af en ik sluit mijn ogen om van de aandacht te genieten.

Maar al snel ben ik schoon en stapt hij achteruit om me met de douchekop weer af te spoelen. Dan zet hij het water uit en helpt me de douche uit. Ik sta te wankelen op mijn benen.

'Kom, jij moet naar bed. Je kan elk moment omvallen.' Hij slaat een pluizige handdoek om me heen en draagt me de badkamer uit. 'Je hebt slaap nodig.'

Eenmaal in de slaapkamer laat hij me op het bed zakken.

Mijn gedachten gaan traag en ik knipper een paar keer. Gaat hij me niet aan de vloer naast het bed vastbinden?

'Je slaapt bij mij,' zegt hij in antwoord op die onuitgesproken vraag. Ik knipper nogmaals. Mijn vermoeide brein kan zijn woorden niet meer verwerken – maar dan zie ik hem een paar handboeien uit het nachtkastje halen.

De ene handboei slaat hij om mijn linkerpols, de ander om zijn eigen. Dan gaat hij achter me liggen en kruipt tegen me aan, zijn geboeide linkerarm over mijn zij geslagen.

'Ga slapen,' fluistert hij in mijn oor, en ik gehoorzaam en geef me over aan de warme, comfortabele vergetelheid.

ucas

Yulia's ademhaling wordt vrijwel meteen rustig. Haar lichaam ontspant zich volkomen als ze in mijn armen in slaap valt. Mijn kussen wordt vochtig van haar natte haren, maar dat stoort me niet.

Ik word volkomen in beslag genomen door de vrouw in mijn armen.

Ze ruikt naar een combinatie van mijn douchegel en zichzelf, een unieke, delicate geur die me aan perziken doet denken. Haar lichaam is slank en zacht, haar ronde achterste rust tegen mijn kruis. Mijn lichaam is verzadigd, maar mijn geest kan zich niet ontspannen.

Ik heb haar geneukt.

Ik heb haar geneukt en het was opnieuw de beste seks ooit, beter nog dan die avond in Moskou. Het gevoel van in haar komen benam me de adem. Het voelde niet als seks, maar als een thuiskomst.

Zelfs nu laat de herinnering aan hoe het voelde om haar strakke warme kutje binnen te dringen mijn penis schokken en mijn borst samentrekken in een niet te benoemen emotie. Ik wil dit niet voor haar voelen, wat 'dit' ook moge zijn. Het zou heel eenvoudig moeten zijn: neuk haar, krijg haar uit mijn systeem en straf haar, intussen informatie lospeuterend. Ze heeft mannen gedood met wie ik jaren gewerkt heb.

Ze had *mij* bijna gedood.

Het idee dat ik naast haat en lust iets anders zou voelen voor Yulia, maakt me woedend. Het kostte me enorme moeite haar gekwetste blik te negeren en haar te behandelen als de gevangene die ze is – om haar ruw te neuken in plaats van de liefde met haar te bedrijven. Ik wist dat ik haar pijn deed, want ik voelde haar protesteren, maar ik kon haar niet laten weten dat ze invloed op me heeft.

Ik kon niet toegeven aan deze bizarre zwakte.

Maar dat deed ik wel toen ze me zonder te protesteren pijpte, me met haar mond melkte alsof ze er niet genoeg van kon krijgen. Ze schonk me genot nadat ik haar als een hoer behandelde en ik ervoer opnieuw die verdomde neiging om haar vast te houden en te beschermen.

Toen ze voor me knielde, vormden haar natte wimpers waaiers op haar bleke wangen en toen ze mijn sperma doorslikte, wilde ik niets liever dan haar in mijn armen nemen en beloftes doen die ik nooit zal kunnen waarmaken. Uiteindelijk heb ik haar alleen gewassen, maar ik kon mezelf er niet toe zetten haar op de vloer vast te binden – net zoals ik mezelf er eerder al niet toe kon zetten haar echt pijn te doen.

Wat een puinhoop. Ze is nog geen vierentwintig uur hier en de woede die al twee maanden in mijn binnenste ziedt, begint nu al af te koelen. Haar kwetsbaarheid raakt me. Het zou me niet uit moeten maken dat ze zwak en uitgehongerd is, of dat haar lichaam een schaduw is van wat het was, of dat ze kringen van uitputting onder haar ogen heeft. Het zou me niet uit moeten maken dat ze gerekruteerd werd toen ze elf was en op haar zestiende als spionne naar Moskou werd gestuurd.

Niets van dat alles zou een verschil moeten maken, maar dat doet het wel.

Lieve hemel.

Ik sluit mijn ogen en houd mezelf voor dat mijn gevoelens tijdelijk zijn, dat ze verdwijnen als ik genoeg van haar heb.

Maar het is een leugen en dat weet ik.

Ik had moeten weten dat het niet zo simpel zou zijn.

EEN VREEMD GELUID WEKT ME UIT MIJN SLAAP. MIJN ogen vliegen open. Alle vermoeidheid is verdwenen als adrenaline door me heen raast. Ik span mijn spieren, klaar voor een gevecht, maar dan herinner ik me weer dat ik niet alleen ben.

Aan mijn linkerpols zit een vrouw geboeid, die in mijn armen ligt te slapen.

Ik adem langzaam uit als tot me doordringt dat het geluid van haar afkomstig is. Ze beweegt onrustig en ik hoor het opnieuw.

Een zacht gekreun, dat in een gesmoorde snik eindigt.

'Yulia.' Ik leg mijn linkerhand op haar schouder, wat haar linkerarm optilt. 'Wakker worden, Yulia.'

Ze stribbelt ineens fel tegen en ik realiseer me dat ze nog slaapt. Half huilend, half naar adem snakkend, rukt ze met al haar kracht aan de handboeien.

Kolere.

Ik grijp haar linkerpols om te voorkomen dat ze ons allebei pijn doet en rol bovenop haar om haar stil te houden. 'Kalmeer,' fluister ik in haar oor. 'Het is maar een droom.'

Ik verwacht dat ze stopt met vechten, dat ze wakker wordt en zich realiseert wat er aan de hand is, maar dat is niet het geval.

In plaats daarvan verandert ze in een wild beest.

 ulia

'*HET IS JOUW SCHULD, TRUT. HET IS ALLEMAAL JOUW SCHULD.*'

Een zwaar lichaam duwt me tegen de vloer. Ruwe handen trekken aan mijn kleding en dan voel ik pijn – brute, scheurende pijn als hij in me stoot en me vertelt dat dit mijn straf is, dat ik moet boeten.

'Niet doen!' schreeuw ik. Ik stribbel tegen, maar ik kan me niet bewegen, krijg niet genoeg adem onder hem... 'Stop, alsjeblieft, stop!'

'Kalmeer,' fluistert hij in het Engels in mijn oor. 'Kalmeer, verdomme.'

Het feit dat Kirill ineens Engels spreekt, haalt me terug, maar ik ben te zeer in de greep van mijn paniek om er echt bij stil te staan. De pijn van de schending en de schaamte die erbij hoort, voelen als een bankschroef die mijn borst dreigt te verpletteren. Ik stik, verdrink in de koude duisternis. Het enige wat ik kan doen, is schreeuwen en vechten.

'Yulia. Houd daar verdomme mee op!' Zijn stem klinkt zwaarder dan ik me herinner en hij spreekt opnieuw Engels. Waarom doet hij dat? We zijn nu niet aan het trainen. De afwijking knaagt aan me en ik besef ineens dat dat niet het enige vreemde is.

Hij draagt geen eau de cologne.

Verward blijf ik liggen. Ik heb ook geen pijn.

Hij ligt op me, maar hij doet me geen pijn.

De werkelijkheid verschuift en ineens herinner ik me het weer.

Kirill was zeven jaar geleden. Ik ben niet in Kiev, maar in Colombia, de gevangene van een andere man die me wil laten boeten voor wat ik gedaan heb.

'Yulia.' Lucas' zachte stem klinkt vlak naast mijn oor. 'Kan ik je loslaten?'

'Ja,' fluister ik tegen het kussen. Mijn spieren trillen van de inspanning en mijn adem komt met horten en stoten, alsof ik heb hardgelopen. Ik moet tegen Lucas hebben gevochten in plaats van tegen het spookbeeld uit mijn nachtmerrie. 'Het gaat wel weer. Echt.'

Als Lucas van me afrolt, trekt hij aan mijn linkerpols, waarmee ik aan hem geboeid zit. Mijn huid prikt en voelt geschaafd. Blijkbaar heb ik er hard aan getrokken tijdens mijn nachtmerrie.

Hij rekt zich uit en een seconde later vult een zacht

licht de slaapkamer. De aanblik van de witte muren benadrukt nogmaals dat ik droomde en dat Kirill nergens te bekennen is.

Lucas reikt in het nachtkastje en pakt een sleuteltje om de handboeien los te maken. Als hij het sleuteltje terug legt, sla ik die informatie in mijn geheugen op, ook al zit ik te klappertanden. Zo'n hevige, realistische nachtmerrie heb ik in jaren niet meer gehad. Ik was vergeten hoe erg ze zijn.

Lucas draait zich naar me toe. 'Yulia.' Zijn blik is somber als hij een hand naar me uitstrekt. 'Wat gebeurde er?'

Ik laat me op zijn schoot trekken, de warmte van zijn lichaam tegen mijn koude huid verwelkomend. Stoppen met beven lijkt niet mogelijk; de nachtmerrie lijkt aan me te blijven kleven als een schaduw. 'Ik...' Mijn stem breekt. 'Ik had een nare droom.'

'Nee.' Hij tilt mijn kin op en dwingt me zo hem aan te kijken. 'Vertel me waarom je die droom had. Wat is er met je gebeurd?'

Ik pers mijn lippen opeen in een poging mijn onlogische behoefte antwoord te geven te blokkeren. Iets aan de manier waarop hij me vasthoudt – zoals een ouder een kind zou troosten – zorgt ervoor dat ik hem in vertrouwen wil nemen, hem dingen wil vertellen die alleen de therapeut van de dienst weet.

'Wat is er gebeurd?' dringt Lucas met zachte stem aan. Ik voel een vlaag van verlangen naar de connectie ik eerder ook al tussen ons meende te voelen. Maar misschien heb ik me die niet verbeeld. Misschien is er echt iets tussen ons.

Dat zou ik zo graag willen.

'Yulia.' Lucas laat zijn duim over mijn wang glijden, zijn hand nog altijd om mijn kaak. 'Vertel het me. Alsjeblieft.'

Dat laatste woord doet het hem, aangezien het uitgesproken wordt door een man die gewoonlijk zo hard en overheersend is. Er zit geen greintje woede of wilde lust in de manier waarop hij me aanraakt. Hij heeft me eerder weliswaar pijn gedaan, maar ook genot en zelfs wat tederheid geschonken. Ook nu eist hij niets van me, hij vraagt het.

En nu hij het vraagt, kan ik hem dat niet weigeren.

Niet nu ik me zo verloren en alleen voel.

'Goed,' fluister ik met een blik op de man van wie ik de afgelopen twee maanden heb gedroomd. 'Wat wil je weten?'

4

*L*ucas

'HOE OUD WAS JE TOEN HET GEBEURDE?' INTUSSEN LEG ik mijn hand in haar nek om de gespannen spieren los te masseren. Yulia zit nog steeds te beven op mijn schoot en ik voel een nieuwe vlaag van woede door mijn binnenste razen.

Iemand heeft haar ontzettend pijn gedaan en ik wil die persoon ervoor laten boeten.

'Vijftien,' zegt ze met stokkende stem.

Vijftien. Ik dwing mezelf stil te zitten, niet toe te geven aan de borrelende woede in mijn binnenste. Zoiets verwachtte ik al. Haar geschreeuw klonk hoog, bijna kinderlijk, en de woorden die volgden werden uitgesproken in het Oekraïens of Russisch.

'Wie was hij?' Ik houd mijn stem rustig en ga verder met mijn massage. Het lijkt haar te kalmeren, want het beven neemt af. Ze ziet even wit als mijn lakens en in het licht van de lamp zie ik dat haar blauwe ogen dof staan. Ze mag dan 22 zijn, op dit moment lijkt ze veel jonger.

Jong en ontzettend kwetsbaar.

'Zijn naam...' Ze slikt. 'Zijn naam was Kirill. Hij was mijn trainer.'

Kirill. Die naam sla ik in mijn geheugen op. Om hem te kunnen vinden, heb ik ook zijn achternaam nodig, maar dit is in elk geval iets. Dan dringt haar tweede zin tot me door.

'Je trainer?'

Ze wendt haar blik af. 'Een van hen. Zijn specialisme was man-tegen-mangevechten.'

Klootzak. Een volwassen man zou nog geen kans gehad hebben, laat staan een vijftienjarig meisje.

'En degenen voor wie je werkte, die stonden dit toe?' Als toch iets van mijn woede in mijn stem doorklinkt, krimpt ze haast onzichtbaar ineen. Ik haal diep adem om mezelf onder controle te krijgen, want ik wil haar niet bang maken. Haar blik is nog altijd op een punt links van me gericht, dus leg ik zacht een hand tegen haar achterhoofd om haar aandacht weer op mij te vestigen.

'Alsjeblieft, Yulia.' Het kost me moeite om mijn toon neutraal te houden. 'Stonden ze het toe?'

'Nee.' Haar lippen krullen ironisch. 'Dat is het nou juist. Dat deden ze niet.'

'Ik begrijp het niet.'

Haar lach is hees en vol pijn. 'Ze hadden het beter kunnen goedkeuren. Dan was hij niet zo boos geweest.'

Mijn binnenste voelt heet en koud tegelijk. 'Vertel het me.'

'Hij begon avances te maken toen ik vijftien was en geen beugel meer droeg.' Opnieuw kijkt ze weg. 'Ik was geen mooi kind – lang, dun en onhandig – maar dat trok bij in mijn tienertijd. Ik begon jongens en later ook mannen aan te trekken. Dat was bijna van de ene op de andere dag.'

'En hij was een van die mannen.'

Ze knikt en kijkt me weer aan. 'Ja. Hij was een van die mannen. Eerst was het niet zo'n probleem. Hij hield me iets langer tegen de mat of liet me iets een paar keer extra oefenen zodat hij me kon aanraken. Ik had niets eens door dat hij interesse in me had, tot...' Ze zwijgt abrupt als een rilling door haar heen gaat.

'Tot wat?' Ik moet kalm genoeg blijven om te luisteren.

'Tot hij me in de kleedkamer in een hoek dreef.' Ze slikt nog een keer. 'Hij wachtte me op na het douchen en betastte me. Overal.'

Godvergeten klootzak. Ik wil die vent zo graag de nek omdraaien dat ik het bijna kan voelen. 'Wat gebeurde er toen?' dwing ik mezelf te vragen. Dit is niet het einde van het verhaal, dat is duidelijk.

'Ik gaf hem aan.' Opnieuw gaat een rilling door Yulia's slanke lichaam. 'Ik ging naar het hoofd van het programma en vertelde hem over Kirill.'

'En?'

'Ze ontsloegen hem. Hem werd verzocht te vertrekken en niet meer bij me in de buurt te komen.'

'Maar dat deed hij niet.'

'Nee,' bevestigt ze op doffe toon. 'Dat deed hij niet.'

Ik haal diep adem om mezelf voor te bereiden. 'Wat heeft hij je aangedaan?'

'Hij kwam naar mijn kamer en verkrachtte me.' Haar stem klinkt emotieloos en opnieuw kijkt ze me niet aan. 'Hij zei dat hij me strafte voor wat ik had gedaan.'

Die woorden benemen me de adem. Het klinkt me maar al te bekend in de oren. Ik wilde seks ook als straf gebruiken: me aan haar lichaam verlustigen en haar tegelijkertijd laten weten hoe weinig ze voor me betekende.

Om precies te zijn, is dat wat ik eerder vanavond ook deed, toen ik haar zo ruw neukte en haar protesten negeerde.

'Yulia...' Voor het eerst in jaren voel ik de bittere greep van zelfverachting toeslaan. Nu begrijp ik waarom ze in paniek raakte toen ik haar in de hal tegen de grond werkte. 'Yulia, ik...'

'De artsen zeiden dat ik geluk had dat de andere rekruten me op tijd vonden,' gaat ze verder, alsof ik niets heb gezegd. 'Anders was ik doodgebloed.'

'Doodgebloed?' Woede vliegt me opnieuw naar de strot. 'Heeft die klootzak je zo verwond?'

'Ik bloedde hevig,' legt ze uit. Haar blik is vreemd

genoeg kalm als ze de mijne ontmoet. 'Het was mijn eerste keer en hij was ruw met me. Heel ruw.'

Die godvergeten hufter gaat een langzame dood sterven. Heel langzaam. Ik haal me enkele van Peter Sokolovs methoden voor de geest en die fantasie kalmeert me genoeg om rustig te kunnen vragen: 'Wat is zijn achternaam?'

Yulia knippert en haar onnatuurlijke kalmte neemt wat af. 'Zijn achternaam doet er niet toe.'

'Voor mij wel.' Ik pak haar bij de schouders. Haar botten voelen zo fragiel aan onder mijn handen. 'Kom op, lieverd. Vertel me hoe hij heet.'

Ze schudt haar hoofd. 'Dat doet er niet toe,' herhaalt ze. Haar blik verhardt zich als ze eraan toevoegt: 'Híj doet er niet meer toe. Hij is dood. Hij is zes jaar geleden gestorven.'

Verdomme. Daar gaat die fantasie.

'Heb jij hem gedood?' vraag ik.

'Nee.' Haar ogen glinsteren als glasscherven. 'Ik wou dat ik het was. Dat wilde ik ook, maar het hoofd van het programma heeft een huurmoordenaar op hem afgestuurd.'

'Ze ontnamen je je wraak.' De meeste mensen zouden blij zijn dat een jong meisje geen moord heeft gepleegd, maar ik heb nooit echt geloofd in het toekeren van de andere wang. Er zit een zekere bevrijding in wraak, een gevoel van afronding. Wraak maakt het verleden niet ongedaan, maar kan wel zorgen dat je je er beter over voelt.

En dat weet ik omdat het *mij* geholpen heeft.

Als Yulia geen antwoord geeft, besef ik dat ik een gevoelige plek heb geraakt. Ze neemt hen dit kwalijk, die dienst waar ze het niet over wil hebben, evenals dat hoofd van het programma, dat haar vanaf het begin al tegen de trainer had moeten beschermen.

Zou ze hen verraden als ik haar er nu naar vroeg? De herbeleving van haar pijnlijke verleden heeft haar kwetsbaar gemaakt. Alleen een echte schoft zou daar zijn voordeel mee doen. Maar zo kan ik wel de informatie krijgen die ik nodig heb, zonder haar te hoeven martelen.

Ik zou haar kunnen beschermen. Niemand zou haar nog pijn doen.

Gisteren zou ik die gedachte als een zwakte afgedaan hebben en er niets mee gedaan hebben. Maar ik heb al weken tegen mezelf lopen liegen en het is hoog tijd dat ik dat toegeef: ik ben niet in staat haar te martelen. Als ik me voorstel dat ik haar net zo met mijn mes toetakel als ik bij die insluiper deed, word ik misselijk. Zelfs vóór haar nachtmerrie kon ik Yulia al niet als een echte gevangene behandelen. Nu ik weet hoezeer ze al geleden heeft, maakt de gedachte haar meer aan te doen me fysiek onpasselijk.

Ik neem een besluit en zeg zacht: 'Vertel me over het programma.' Dit is mijn beste optie om de benodigde informatie te krijgen en ik moet de mogelijkheid aangrijpen, zelfs als ik daarmee Yulia's kwetsbaarheid uitbuit. Ik houd mijn blik op haar gericht en masseer zacht haar slapen. 'Wie zijn de mensen die je rekruteerden?'

Ze verstijft. Een flits van pijn trekt over haar gezicht, voor het tot een beeldschoon masker verstilt. 'Het programma?' Haar stem klinkt kil en afstandelijk. 'Daar weet ik niets van.'

Ze duwt me weg, springt van het bed en stormt de kamer uit.

ulia

MIJN VOETEN MAKEN NAUWELIJKS GELUID OP HET TAPIJT ALS IK DE GANG DOOR REN. Verraad lijkt als een bitter, slijmerig wezen aan me vastgekleefd te zitten.

Sukkel. Idioot. Dura. Debilka. Ik scheld mezelf in twee talen uit en kan daarmee nog niet genoeg woorden vinden voor mijn stommiteit. Hoe kon ik Lucas zelfs maar een seconde lang vertrouwen? Ik weet wat hij van me wil en toch gaf ik toe aan dat stomme verlangen, aan de fantasieën die ik de mond had moeten snoeren zodra ik wist dat hij nog leefde.

De man over wie ik in de gevangenis gedroomd heb, is slechts een verzinsel.

Hij paste een heel basale ondervragingstechniek

toe. Stap één: zorg dat je dicht bij je vijand komt en vind uit wat haar raakt. Stap twee: luister geduldig en doe alsof je om haar geeft. Het is de oudste truc in de doos en ik viel er als een blok voor.

Ik snakte zo naar een beetje menselijke warmte dat ik mijn vijand een kijkje in mijn ziel gaf.

'Yulia!' Ik hoor Lucas achter me aankomen, maar ik ben al bij de badkamer. Snel sluit ik de deur en draai hem op slot. Hopelijk breekt hij er niet meteen doorheen.

'Yulia!' Als hij met zijn vuist tegen de deur beukt, trilt die evenzeer als mijn lichaam. Opnieuw voel ik me koud, alsof de nachtmerrie me nog in zijn greep heeft. Waarom heb ik Lucas over Kirill verteld? Ik heb het hele verhaal tot dusver alleen aan de therapeut van de dienst verteld. Uiteraard wist Obenko ervan – hij is degene die de huurmoordenaar op Kirill afstuurde – maar ik heb er nooit met hem over gesproken.

Buiten mijn verplichte therapiesessies om is dit de eerste keer dat ik er met iemand over gesproken heb.

'Yulia, doe die deur open.' Hij is gestopt met tegen de deur rammen. Zijn stem klinkt nu zacht en overredend. 'Kom eruit, dan praten we erover.'

Praten? Ik wil lachen, maar ik ben bang dat ik dan in tranen uit zal barsten. Toen ze me rekruteerden, gaf de therapeut al aan dat ze zich zorgen maakte of ik wel afstandelijk genoeg zou zijn, aangezien het verlies van mijn familie op jonge leeftijd me gevoelig zou maken voor emotionele manipulatie. Ik heb heel hard gewerkt om die zwakte te overwinnen, maar blijkbaar niet hard genoeg.

Een tedere aanraking, plaatsvervangende woede en ik was als was in Lucas Kents handen.

'Yulia, je hebt daar niets te zoeken. Kom eruit, lieverd. Ik zal je niets doen, dat beloof ik.'

Lieverd? Een vonkje woede verjaagt de ijzige kou in mijn binnenste een beetje. Hoe dom denkt hij dat ik ben?

Ik draai me om en open de deur. Lucas heeft gelijk: ik zal in de badkamer niets anders vinden dan zelfverwijt en bitterheid. Ik kan niet veranderen wat er gebeurd is. Ik kan het feit niet ongedaan maken dat ik een man vertrouwde die nergens anders op uit is dan wraak.

Maar ik kan wel de rollen omdraaien.

Dus als de deur openzwaait, kijk ik Lucas aan en laat mijn tranen de vrije loop.

ucas

Zo in de deuropening is ze zo mooi en zo kwetsbaar dat mijn hart samentrekt. In haar ogen glanzen tranen en als ik mijn handen naar haar uitsteek, slaat ze in een verdedigend gebaar haar armen om haar naakte bovenlichaam.

'Nee, kom hier, lieverd.' Ik maak haar armen los en trek haar naar me toe – na snel te hebben gekeken of ze geen wapen verbergt. Hoe kwetsbaar Yulia ook lijkt, ze is een getrainde agent die al een keer eerder geprobeerd heeft me te vermoorden. Dat mag ik niet vergeten.

Gelukkig is ze ongewapend, dus sla ik mijn armen om haar heen en druk haar tegen me aan. 'Ik vind het zo erg voor je,' zeg ik, haar haren strelend. 'Het spijt me zo.'

Het gevoel van haar naakte huid tegen de mijne wekt mijn lichaam. Ik negeer bewust haar harde tepels tegen mijn borst. Dit is niet het moment om afgeleid te worden door lust.

Ik weet dat ik irrationeel ben. Het zou niets uit moeten maken dat ze misbruikt is. Enkele van de meest verknipte mensen die ik ken hebben een moeilijke jeugd gehad, en bij hen geef ik ook geen duimbreed toe. Als ze het verknoeien, dan boeten ze daarvoor. Niemand komt ergens mee weg. Toch is dat precies wat ik voor haar wil doen.

Die wending is zo abrupt dat ik eigenlijk om mezelf moet lachen. Ze is hier nog geen 24 uur en nu al zijn mijn plannen voor haar in rook opgegaan. Aangezien ik Yulia de afgelopen twee maanden niet uit mijn hoofd kon zetten, had ik dit kunnen verwachten. Maar de intensiteit van mijn verlangen en de onpraktische gevoelens die erbij zijn gekomen, hebben me op het verkeerde been gezet.

Ze heeft tientallen van onze mannen vermoord en mij ook bijna.

Die gedachte maakte me altijd woedend, maar nu bespeur ik nog maar een echo van mijn eerdere woede. Ze deed haar werk; het was gewoon een taak die ze opgedragen had gekregen. Ik heb altijd al geweten dat het niets persoonlijks was, maar eerder maakte dat me niet uit. Oog om oog, zo gaan Esguerra en ik altijd te werk. Als je ons dwarsboomt, zul je daarvoor boeten.

Maar ik wil Yulia niet meer laten boeten. Ze heeft al genoeg meegemaakt, eerst in die Russische gevangenis en toen met mij. Ik ben van plan mijn wraak te richten op degenen die daadwerkelijk verantwoordelijk zijn: de dienst die haar die opdracht gaf.

'Laten we teruggaan naar bed,' zeg ik met een blik op Yulia. Ze trilt niet meer, maar haar gezicht is nat van de tranen. 'Het is nog vroeg.'

Ze schudt even haar hoofd. 'Nee, ik kan niet slapen. Het spijt me, maar dat gaat gewoon niet.'

'Oké.' De zon is al bijna op, dus het maakt niet echt uit. 'Wil je iets te eten?'

Ze maakt zich van me los en stapt achteruit. 'Nog een broodje?' Haar stem trilt nog, maar er klinkt ook iets van amusement in door.

'Ik heb soep,' zeg ik, terwijl ik niet naar haar naakte, slanke lichaam probeer te kijken.

Ze knippert met haar ogen. 'Wat voor soep?'

'Geen idee. Ik heb niet in de pan gekeken voor ik hem in de koelkast zette. Gisteravond bracht Esguerra's dienstmeid hem naar me toe.'

Tot mijn verbazing vormt zich een klein glimlachje om Yulia's lippen. 'Echt? Werpen ze je ook de restjes van hun maaltijd toe?'

'Nee.' Die niet bepaald subtiele steek onder water maakt me aan het lachen. 'Maar dat zou ik wel willen. Esguerra's huishoudster is een geweldige kok en ik kan totaal niet koken.'

Yulia trekt haar smalle wenkbrauwen op. 'Echt? Ik wel.'

'O?' Ik geniet wel van dit onverwachte geplaag. 'Heb je dat op de spionnenschool geleerd?'

'Nee, ik heb mezelf een paar basisrecepten aangeleerd toen ik naar Moskou ging. Ik kreeg een toelage, dus had ik weinig geld om buiten de deur te eten. Later ontdekte ik dat ik koken leuk vind, dus begon ik moeilijkere recepten te proberen.'

De herinnering aan de verknipte aard van haar werk doet mijn goede humeur de das om. 'Kreeg je geen salaris?'

'Wat?' Ze kijkt geschokt. 'Natuurlijk wel. Dat werd bijgeschreven op mijn Oekraïense rekening. Maar dat geld kon ik niet gebruiken. Ik moest als een student leven als ik de achtergrondcontroles van het Kremlin wilde doorstaan.'

Natuurlijk. Een heerlijk staaltje undercover leven.

'Goed,' zeg ik, mezelf dwingend weer luchtig te doen. 'Laten we eerst de soep proberen. Misschien kun je later nog je kookkunsten vertonen.'

ROSA'S SOEP IS HEERLIJK, VOL CHAMPIGNONS, RIJST, bonen en lam. Tijdens het eten houd ik Yulia nauwlettend in de gaten. Wat ga ik in hemelsnaam met haar doen? Haar voor de rest van ons leven naakt in mijn huis vastgebonden houden?

In zekere zin spreekt dat duistere idee me wel aan. Voor het eerst begrijp ik waarom Esguerra zijn vrouw Nora de eerste vijftien maanden van hun relatie op zijn privé-eiland verborgen hield. Veiliger en geïsoleerder kan het niet; de perfecte plek voor een vrouw die daar misschien niet wil zijn.

Als ik een eiland had, zou ik Yulia daar ook heen brengen – met niets anders dan haar lange blonde haar om te dragen.

Haar lepel tikt tegen haar aardewerken kom – ik heb voor soep geen papieren bakjes – en ik verstrak. Meteen vliegt mijn blik naar haar hand. Maar ze zit gewoon te eten, ogenschijnlijk op haar maaltijd gericht.

Ondanks haar kalme uiterlijk kan ik me echter niet ontspannen. Ze gaat iets proberen, dat weet ik zeker. Ik mag dan misschien besloten hebben haar niet te laten boeten, maar ik vertrouw haar niet en verwacht ook niet dat zij mij vertrouwt. Al zou ik haar vertellen dat ik haar niet meer wil straffen, dan zou ze me niet geloven. Als ze de kans krijgt, is ze weg. Haar gehoorzaamheid verontrust me. Het is goed dat ik alle wapens uit mijn huis heb gehaald en in de achterbak van mijn auto heb gelegd; als ik haar zo laat eten, kan ik geen wapens in de buurt laten rondslingeren.

Naakt en niet vastgebonden.

Ik probeer me niet af te laten leiden door de aanblik van haar tepels, die door haar blonde haren heen steken, maar dat is onmogelijk. Onder de tafel staat mijn erectie fier overeind. Ik heb een afgeknipte spijkerbroek en een T-shirt aangetrokken voor ik Yulia meenam naar de keuken, maar ik had geen kleren voor haar. Bij nader inzien denk ik echter dat het toch niet zo'n goed idee is om haar ongekleed te laten rondlopen.

Alsof ze mijn gedachten aanvoelt, veegt Yulia haar haren achter haar oor, waardoor ze grotendeels over haar borsten uitwaaieren. Ik zucht van opluchting en eet weer verder als mijn opwinding langzaam afneemt.

'Weet je, je hebt me nog niet verteld wat er die dag met jullie vliegtuig gebeurd is,' zegt ze tijdens het eten. Ik kijk haar aan en zie dat haar blauwe ogen me intens opnemen. Opnieuw houd ik mezelf voor dat ik met een getrainde professional te maken heb. Ze mocht dan kwetsbaar lijken na haar nachtmerrie, maar dat betekent niet dat ze geen reserves heeft waar ze kracht uit kan putten.

Dat moet wel, anders had ze na die brute verkrachting haar werk niet kunnen doen.

'Je bedoelt nadat ze die raket op ons afschoten?' Ik duw mijn lege kom opzij. Het feit dat ze zo kalm over die crash begint, wekt mijn woede opnieuw. Het kost me moeite mijn stem neutraal te houden.

Yulia's greep op haar lepel verstrakt, maar ze zet wel door. 'Ja. Hoe heb je het overleefd?'

Ik haal diep adem. Hoewel ik het vreselijk vind om erover te praten, wil ik dat ze weet wat er gebeurd is. 'Ons vliegtuig was uitgerust met een antiraketschild, dus het was geen voltreffer,' zeg ik. 'De raket ontplofte naast het vliegtuig. De radius van de ontploffing was echter zo groot dat hij onze motoren beschadigde en de staart van het vliegtuig in brand zette.' Tenminste, dat is wat de ingenieurs die het wrak hebben onderzocht denken. 'We stortten neer, maar ik wist ons nog net naar een groepje bomen en bosjes te loodsen. Die verzachtten de landing wat.' Ik zwijg even om mijn woede onder controle te krijgen. Desondanks klinkt mijn stem fel als ik zeg: 'De meeste mannen achterin hebben het niet overleefd en de drie die dat wel deden, liggen nog altijd met derdegraads brandwonden in het ziekenhuis.'

Bij die woorden trekt ze wit weg. 'Zat je baas voorin bij jou?' Ze legt haar lepel neer. 'Is dat waarom jullie twee het overleefd hebben?'

'Ja.' Ik haal nog een keer diep adem om de herinneringen te verdrijven. 'Esguerra kwam vlak voor het gebeurde de cockpit in om met me te praten.'

Op Yulia's voorhoofd is een gespannen frons verschenen. 'Lucas...' begint ze, maar ik steek een hand op.

'Niet doen.' Mijn stem klinkt keihard. Als ze nu tegen me liegt, sta ik niet voor mezelf in.

Ze verstijft en kijkt meteen zwijgend naar de tafel. Ik voel haar angst en dwing mezelf nogmaals diep in te ademen en mijn handen te ontspannen, die ik onbewust om de tafel geklemd heb.

Als ik zeker weet dat ik niet ga ontploffen, durf ik weer verder te gaan. 'Dus ja, we zaten beiden voorin en hebben het overleefd,' zeg ik op rustiger toon. 'Maar daarna is Esguerra alsnog bijna vermoord. Al-Quadar kwam erachter dat hij in Tasjkent in het ziekenhuis lag. Het was niet ver van hun vesting, dus kwamen ze hem halen.'

Yulia's hoofd vliegt omhoog; haar ogen zijn wijd opengesperd. 'De terroristen hebben je baas ontvoerd?'

'Ze hielden hem een paar dagen gevangen. Gelukkig konden we hem terughalen voor ze te veel schade aanrichtten.' Ik ga niet in op de details van de reddingsoperatie, noch vertel ik dat Esguerra's vrouw haar leven op het spel zette om hem te redden. 'Zijn oog was het grootste verlies.'

'Is hij een oog kwijt?' Ze lijkt geschokt, en die reactie wekt een oude vlaag van jaloezie.

'Ja.' Het klinkt scherp. 'Geen zorgen. Hij heeft een implantaat, dus hij is nog even knap als altijd.'

Opnieuw kijkt ze zwijgend naar haar soepkom. Aangezien die nog halfvol is, zeg ik bot: 'Eet. Je soep wordt koud.'

Gehoorzaam pakt Yulia haar lepel. Maar na een paar happen richt ze haar blik weer op mij.

'Hij haat me vast enorm,' zegt ze zacht. 'Je baas, bedoel ik.'

Ik haal mijn schouders op. 'Niet zo erg als hij Al-Quadar haat. Nou ja, Al-Quadar *haatte*, moet ik zeggen.'

Ze knippert met haar ogen. 'Bestaan ze niet langer?'

'We hebben ze van de kaart geveegd,' zeg ik. Intussen houd ik haar reactie nauwlettend in de gaten. 'Dus ja, ze zijn verdwenen.'

Ze krimpt ineen, maar de beweging is zo subtiel dat ik het niet gemerkt had als ik haar niet in het oog had gehouden. 'De hele organisatie? Alle cellen?' Het klinkt ongelovig. 'Hoe kan dat? Werden ze niet al jaren gezocht door allerlei overheden?'

'Jawel, maar overheden hebben... beperkingen.' Ik werp haar een grimmige glimlach toe. 'Het is moeilijk om te doen wat nodig is als je beter wilt zijn dan degene op wie je jaagt. Hun handen zijn gebonden door wetten en budgetten, publieke opinie en democratie. Hun kiezers willen op het journaal geen verhalen zien over kinderen die omgekomen zijn bij drone-aanvallen, of over gezinnen van terroristen die gemarteld worden tijdens ondervragingen. Een beetje waterboarden en iedereen staat op zijn achterste benen. Zij zijn te week voor dit gevecht.'

'Maar Esguerra en jij niet.' Yulia legt haar lepel weer neer. Haar hand trilt. 'Jullie doen wat nodig is.'

'Dat klopt.' De veroordelende blik die ze me toewerpt, amuseert me. Blijkbaar is mijn spionne in zekere zin nog steeds onschuldig. 'De Al-Quadarvesting in Tadzjikistan was een van hun laatste grote cellen. Daarna hoefden we alleen nog maar de laatste paar cellen te vinden, verspreid over de wereld. Toen we daar echt op inzetten, bleek dat niet zo moeilijk.'

Ze staart me aan. 'Ik begrijp het.'

'Eet je soep op,' herhaal ik als ik zie dat ze nog steeds niet eet.

Yulia pakt haar lepel en ik schep nog een kom vol voor mezelf. Als ik naar de tafel terug loop, zie ik dat ze haar portie bijna op heeft.

'Wil je nog meer?' Ze schudt haar hoofd, waardoor ik opnieuw een glimp van haar tepels opvang.

'Ik heb genoeg gehad, dank je wel.'

'Oké.' Ik dwing mezelf te gaan eten in plaats van naar Yulia's borsten te staren. Als ik weer opkijk, heeft ze haar knieën opgetrokken en haar armen eromheen geslagen. Heeft ze het verlangen op mijn gezicht gezien? Riep dat weer herinneringen aan haar nachtmerrie op?

Als ik daaraan denk – aan wat haar overkomen is toen ze vijftien was – word ik opnieuw woedend. Ik heb zin om Kirills lichaam op te graven en het in kleine stukjes te scheuren. Het is uiteraard hartstikke ironisch dat ik woedend word over een verkrachting terwijl ik zelf dingen heb gedaan die de meeste mensen duizendmaal erger zouden vinden, maar ik kan dit niet rationeel benaderen.

Ik kan *haar* niet rationeel benaderen.

'Lucas, waarom besloot je hier te gaan werken?' Yulia's vraag haalt me uit mijn gedachten. Ik weet dat ze me probeert uit te horen. Als ze me beter begrijpt, kan ze me manipuleren. Ik zou haar vraag kunnen wegwuiven, maar ze was ook eerlijk tegen mij en ik kan haar dus wel wat antwoorden geven.

Een klein beetje eerlijkheid kan geen kwaad.

'Esguerra betaalt goed en hij is een fatsoenlijke werkgever,' zeg ik, achteroverleunend in mijn stoel. 'Wat wil je nog meer?'

'Fatsoenlijk?' Yulia fronst. 'Zo staat hij niet bekend. "Meedogenloos" is volgens mij wat de meeste mensen zouden zeggen.'

Ik grinnik. Op de een of andere manier is dat heel grappig. 'Ja, hij is een meedogenloze schoft, dat klopt.

Maar hij houdt zich in het algemeen aan zijn woord en dat maakt hem wat mij betreft fatsoenlijk.'

'Ben je daarom loyaal naar hem toe? Omdat hij woord houdt?'

'Onder andere.' Ik kan ook Esguerra's loyaliteit ten opzichte van de zijnen waarderen. Na de dood van zijn ouders heeft hij altijd voor de mensen op dit landgoed gezorgd en dat bewonder ik. Maar ik zeg alleen: 'Een zevencijferig salaris helpt zeker ook mee.'

Yulia neemt me nauwlettend op en ik vraag me af wat ze ziet. Een immorele huurling? Een monster? Net zo'n man als Kirill was? Dat laatste zit me op de een of andere manier dwars. Ik ben misschien niet veel beter dan hij, maar toch wil ik niet dat ze me zo ziet.

Ik wil niet degene zijn die ze in haar nachtmerries ziet.

'Wanneer heb je Esguerra ontmoet?' vraagt ze. Ze is duidelijk nog steeds naar informatie aan het vissen. 'Hoe kwam je voor hem te werken?'

'Hebben ze je dat niet verteld?' Aangezien mijn baas haar oorspronkelijke opdracht vormde, zal ze vast het een en ander over hem te horen hebben gekregen – en over mij dan wellicht ook, aangezien ik met hem mee reisde.

'Nee,' zegt Yulia. 'Dat stond niet in jullie dossiers.'

Ze heeft dus inderdaad informatie over ons gekregen. 'Wat stond er dan wél in mijn dossier?' vraag ik nieuwsgierig.

'Alleen basale informatie. Je leeftijd, waar je op

school zat, dat soort dingen.' Ze zwijgt even. 'Je ontslag bij de marine.'

Natuurlijk. Het zou me niet moeten verbazen dat ze daarvan weet. 'Wat nog meer?'

'Eigenlijk niets.' Yulia zwijgt nogmaals, dan zegt ze zacht: 'Er stond niet eens of je getrouwd bent of een partner hebt.'

Ik voel een vreemd, warm gevoel in mijn borst opbloeien. De kom voor me schuif ik opzij, zodat ik mijn onderarmen op de tafel kan leggen. 'Dat ben ik niet,' is mijn antwoord op de vraag die ze niet stelde. 'Ik ben met niemand samen geweest sinds ik in Moskou met jou heb geslapen.'

De blik die Yulia me toewerpt, is onleesbaar. 'Niet?'

'Nee.' Maar ik ben niet van plan haar uit te leggen dat ik zo geobsedeerd ben door haar dat ik niet eens aan een andere vrouw wil denken.

In plaats daarvan sta ik op om de kommen in de gootsteen te leggen. Daarna keer ik me naar haar om. 'Kom mee, schoonheid. We zijn klaar met ontbijten.'

ulia

TERWIJL LUCAS ME NAAR DE WOONKAMER LEIDT, DENK IK NA OVER WAT IK ZOJUIST GEHOORD HEB. LUCAS' opmerkingen over Al-Quadar sluiten perfect aan bij de informatie in Esguerra's dossier. Lucas' baas is meedogenloos als het op zijn vijanden aankomt – waar ik er een van ben.

Feitelijk had ik allang op een gruwelijke manier vermoord moeten zijn, maar hier ben ik: levend, goed gevoed en onbeschadigd. Nu ik weer helder kan denken, wordt het me duidelijk dat Lucas' beslissing me emotioneel in plaats van fysiek te mishandelen ontzettend fortuinlijk voor me is. Ik mag me dan gekwetst voelen, mijn lichaam is intact – op wat vage pijntjes daar beneden na. Het is zonneklaar dat hij een spelletje met me speelt, maar een deel daarvan kan nog altijd oprecht zijn.

Is zijn verlangen naar me op dit moment sterker dan zijn haat?

Dat was wat ik testte toen ik uit de badkamer kwam door eerst kwetsbaar te lijken en vervolgens subtiel vriendelijk te doen. Toen mijn cipier daar goed op reageerde, besloot ik hem te provoceren door het over de vliegtuigcrash te hebben. Het feit dat hij me niet aanviel, maar met me praatte en een deel van zijn verhaal vertelde, is meer dan bemoedigend.

Iets van zijn eerdere sympathie was waarschijnlijk dus oprecht.

Met een sprankje hoop in mijn binnenste kijk ik naar Lucas op. Hij heeft een nieuwe rol touw in zijn handen. Als we blijven staan voor de stoel waar hij me eerder ook aan vast heeft gebonden, doe ik mijn best opnieuw kwetsbaar over te komen.

'Moet ik echt naakt zijn?' Tranen glinsteren in mijn ogen. Het is niet moeilijk die op te roepen: mijn emoties zwabberen nog steeds van pijn naar woede naar een verlangen naar troost. 'Het is koud met de airco aan.'

Hij aarzelt even en ik kijk hem wanhopig en smekend aan. Het is maar half geacteerd. Hoewel kleren op zich niet veel voorstellen, zou ik me veel menselijker voelen als ik ze aanhad. En belangrijker nog: als Lucas me dit toestaat, is dat het bewijs dat mijn spel met zijn emoties werkt.

'Goed,' zegt hij. Daar hoopte ik al op. 'Kom mee.' Hij laat het touw op de stoel liggen en voert me aan mijn arm mee naar de slaapkamer.

'Hier,' zegt hij terwijl hij me een T-shirt overhandigt. 'Voorlopig kun je dit dragen.'

Het kost me moeite mijn vreugde en opluchting te onderdrukken als ik het kledingstuk aanpak en over mijn hoofd trek. Maar ik merk nog wel Lucas' verhitte blik op als hij me opneemt. Het is een heren T-shirt – *zijn* T-shirt – en het valt tot halverwege mijn dijen.

'Oké, kom,' zegt hij als ik eenmaal aangekleed ben. Opnieuw lopen we naar de stoel. Terwijl hij mijn enkels aan de stoel bindt, kijk ik naar zijn zongebruinde handen. Ervaart hij dezelfde tintelingen als ik? Ik kan niet geloven dat ik daadwerkelijk naar hem verlang, maar tegelijkertijd kan dat me helpen bij mijn ontsnapping.

Misschien is het een goed middel om deze nieuwe, vriendelijkere dynamiek tussen ons te bevorderen.

Als hij klaar is, staat Lucas op. 'Ik moet een aantal dingen afhandelen. Over een paar uur ben ik terug.'

'Prima,' zeg ik met een uitgestreken gezicht.

Na me nog even goed opgenomen te hebben, gaat Lucas weg en hoef ik mijn opgeluchte glimlach niet langer te verbergen.

Helaas slijt mijn opgewekte stemming na een tijdje af door verveling en ongemak. Die stoel is hard en steeds als ik van positie probeer te veranderen, snijden de touwen in mijn huid. De minuten lijken zich aaneen te rijgen, tot ze langzamer voorbij glijden dan ooit. Ik kijk steeds naar het raam in de hoop dat het mysterieuze meisje terugkeert, maar dat is niet het geval. Soms rent er een hagedis over de hor, maar dat is alles.

Met een zucht richt ik mijn blik weer op de vloer. Ik kan beter nadenken over dat andere zinnetje van hem dat me hoop gaf. Als Lucas niet loog, was mijn donkerharige bezoeker zijn vriendin niet.

Hij heeft helemaal geen vriendin.

Die wetenschap voelt als een verkoelende balsem op mijn rauwe gevoelens. Ik heb geen idee waarom het belangrijk voor me is dat Lucas single, getrouwd of de minnaar van tien vrouwen is, maar het feit dat hij niet vreemdgaat, geeft me een beter gevoel over gisteravond. In elk geval heb ik niet ook nog een andere vrouw iets misdaan. Wat tussen Lucas en mij gebeurt, is echt iets tussen ons. Niemand anders kan erdoor gekwetst worden.

Uiteraard zou het kunnen dat hij loog en dat dit bij zijn ondervragingstechniek hoort, maar eigenlijk geloof ik hem. Nergens in zijn huis zijn tekenen van een vrouwelijke aanwezigheid te bekennen: geen decoraties, geen foto's, geen föhn of vrouwenproducten in de badkamer.

Hier woont overduidelijk een man alleen, iets waar ook de bijna lege koelkast een bewijs voor vormt. Als ik gisteren niet zo bang en uitgeput was geweest, had ik dat zeker opgemerkt.

Met een gaap kijk ik opnieuw naar het raam. Nog zo'n hagedisje. Ik kijk hem na en vraag me af hoe het in de jungle buiten is. Alles in mij snakt ernaar dáár te zijn, de warme zon op mijn huid te voelen en naar het gezang van de vogels te luisteren. Die korte blik op de jungle was bij lange na niet genoeg.

Ik wil naar buiten.

Ik wil vrij zijn.

Binnenkort, houd ik mezelf voor. Opnieuw ga ik verzitten op de harde stoel. Ik begrijp het spel dat Lucas met me speelt en kan het meespelen. Zolang hij me begeert, speel ik zijn seksspeeltje, terwijl ik me tussendoor als zwak en openhartig voordoe. Ik zal hem alles vertellen – behalve de informatie die hij echt van me wil horen – en dan zal hij denken dat zijn vriendelijke ondervragingen werken en dat ik mijn geheimen blootgeef. Dan zal hij voorlopig ook nog niet overgaan op ruwere ondervragingstechnieken en kan ik in die tijd een echt ontsnappingsplan beramen – iets dat minder wanhopig is dan een aanval met een gebroken tandenborstel.

Daarnaast ga ik proberen een band tussen Lucas en mijzelf te bewerkstelligen.

Limasyndroom. Zo noemen ze de psychologische aandoening waarbij de gevangennemer zich zo aan zijn gevangene hecht dat hij die uiteindelijk vrijlaat. Ik heb het fenomeen tijdens mijn training bestudeerd, aangezien het behoorlijk waarschijnlijk was dat ik op een dag gevangen genomen zou worden. Limasyndroom is niet zo bekend als zijn tegenhanger Stockholmsyndroom, waarbij de gevangene voor zijn of haar cipier valt, maar het komt wel voor. Ik ben niet zo dom dat ik denk dat Lucas me vrij zal laten, maar misschien wordt hij wel minder voorzichtig en doet dan kleine dingen die mijn ontsnapping zouden vergemakkelijken.

Dingen zoals mij kleren laten dragen.

Na nog een gaap zie ik weer een hagedis over het raam kruipen. Ik stel me voor dat ik zelf klein en groen ben. Klein genoeg om tussen mijn boeien door te glippen en door de kieren in het huis te ontsnappen. Als ik dat zou kunnen, zou ik de beste spionne ter wereld zijn.

Het is een gekke gedachte, maar hij leidt me af van wat me te wachten staat als mijn plan faalt. Als ik mijn oogleden zwaar voel worden, besluit ik me daar niet tegen te verzetten. Eenmaal weggedoezeld droom ik van kleine groene hagedisjes en mijn broertje, die ze lachend door een jungleachtig park achterna zit.

Het is de vrolijkste droom die ik in jaren heb gehad.

'Yulia.'

Met bonzend hart schrik ik wakker.

Lucas is terug en hij is niet alleen. Naast mijn cipier staat een kleine, kalende man. Zijn bruine ogen nemen me met koele nieuwsgierigheid op. Hij draagt gewone kleding, maar in zijn ene hand lijkt hij iets van een dokterstas te hebben.

Mijn maag trekt samen. Blijkbaar wilde Lucas toch niet wachten met de fysieke marteling.

Maar voor ik in paniek raak, glimlacht de kleine man naar me. 'Hallo,' zegt hij. 'Ik ben dokter Goldberg. Als je het niet erg vindt, wil ik je graag onderzoeken.'

Me onderzoeken?

'Om na te gaan of je niet gewond bent,' legt de arts uit, zonder problemen mijn verwarde blik interpreterend. 'Als je het niet erg vindt, tenminste.'

O, oké. Ik haal diep adem en mijn angst verdwijnt. 'Zeker. Gaat uw gang.' Ik zit aan een stoel gebonden, gekleed in alleen een heren T-shirt, en die man vraagt of ik het erg vind als ik door een arts onderzocht wordt? Wat zou hij doen als ik had gezegd dat ik dat niet wilde? Zijn excuses aanbieden en weggaan?

Blijkbaar is hij zich niet bewust van het sarcasme in mijn stem, want de arts zegt tegen Lucas: 'Ik wil graag dat je de patiënt losmaakt, als dat mogelijk is.'

Lucas fronst, maar knielt voor me en maakt de touwen om mijn enkels los. Met een blik op de dokter gromt hij: 'Ik blijf erbij. Ze is nogal creatief met huishoudelijke spullen.'

'Maar...'

Een harde blik van Lucas legt de arts het zwijgen op. Als mijn enkels los zijn, verplaatst Lucas zijn aandacht naar mijn handen. Ik wiebel met mijn voeten om de bloedtoevoer weer op gang te krijgen. Eigenlijk zou ik ook heel graag naar het toilet willen.

Ik heb geen idee hoelang ik vastgebonden heb gezeten, maar volgens mijn blaas heeft het een eeuwigheid geduurd.

'Ik moet plassen,' zeg ik tegen Lucas. Die eerlijkheid kost me niets. 'Mag ik voor het onderzoek even naar het toilet?'

Lucas' fronst verdiept zich, maar dan knikt hij kort. 'Kom mee,' zegt hij als hij me losgemaakt heeft. Zijn greep om mijn arm is even ruw als toen ik net was aangekomen. Geschrokken struikel ik als hij me de gang doorsleurt. Zijn vriendelijkheid van deze ochtend is nergens te bekennen.

Opnieuw neemt mijn angst toe. Heb ik het mis waar het hem betreft, of is er iets gebeurd? Heeft dit onderzoek daar iets mee te maken?

Maar voor ik het alarmerende gedrag van mijn cipier heb kunnen analyseren, duwt hij me de badkamer in. 'Je krijgt één minuut, geen seconde langer,' snauwt hij.

Dan smijt hij de deur achter me dicht.

ucas

ALS IK YULIA DE WOONKAMER WEER BINNEN LEID, vraagt Goldberg haar te blijven staan. Hij voelt haar polsslag en luistert met een stethoscoop naar haar ademhaling. 'Mooi, mooi,' mompelt hij, terwijl hij aantekeningen maakt.

Als hij zich over een grote blauwe plek op haar knie buigt, kijkt Yulia me angstig aan. Ik zie dat ze een verklaring wil, maar die krijgt ze niet.

De arts mag niet weten hoe mild ik eigenlijk gestemd ben als het op mijn gevangene aankomt.

Na een minuut is Goldberg klaar. Hij glimlacht naar Yulia. 'Gewoon wat schrammen en blauwe plekken,' zegt hij opgewekt. 'Je hebt ondergewicht en bent een beetje ondervoed, maar dat is met een paar goede maaltijden zo hersteld. Als je het niet erg vindt, wil ik ook graag even bloed prikken. Ga maar even zitten.'

Hij wijst naar de bank en Yulia kijkt opnieuw naar mij.

'Zitten,' blaf ik. Maar het kost me moeite haar geschokte uitdrukking te negeren als ze daadwerkelijk gaat zitten.

Goldberg trekt een paar latex handschoenen aan en pakt een naald met een buisje eraan. 'Het prikt maar een beetje,' belooft hij. Volgens mij probeert hij mijn ruwe manier van doen te compenseren. Tegen de bewakers is hij meestal niet zo zachtaardig – maar geen van hen bezit dan ook Yulia's kwetsbare schoonheid.

Ze vertrekt geen spier als de naald haar huid binnendringt. Haar uitdrukking is er een van gelaten volharding. Ik moet me daarentegen beheersen Goldberg niet bij haar weg te sleuren.

Hoewel ik de arts hier zelf heb gebracht, vind ik het vreselijk om te zien dat hij haar pijn doet.

'Klaar,' zegt Goldberg. Hij haalt de naald uit haar arm en duwt een steriel gaasje op het wondje. 'Ik ga dit in het lab onderzoeken. Nog één ding...' Hij kijkt me aan en ik schud kort mijn hoofd.

Ik ga niet weg; hij zal haar moeten onderzoeken waar ik bij ben.

Goldberg zucht en wendt zich weer tot Yulia. 'Ik wil een gynaecologisch onderzoek bij je doen,' zegt hij zacht. 'Ik wil gewoon zeker weten dat je ook daar in orde bent.'

'Wat?' Yulia spert haar ogen open. 'Waarom?'

'Doe het gewoon.' Ik probeer zo hard te klinken als ik kan. Geen haar op mijn hoofd peinst erover aan haar uit te leggen dat ik me zorgen maak of ik haar gisteravond heb beschadigd met mijn ruwe neukpartij. Ze was wel nat, maar ik kan haar nog steeds uitgescheurd of beschadigd hebben vanbinnen.

Blozend gaat ze volgens Goldbergs instructies op de bank liggen. Als de arts haar T-shirt omhoog trekt en een speculum pakt, moet ik mezelf dwingen stil te blijven staan en de man niet neer te slaan omdat hij aan haar zit. Goldberg is homoseksueel, maar toch wekt de aanblik van zijn handen op haar huid iets duisters in me – iets dat iedereen wil vermoorden die wat van mij is, aanraakt.

Het onderzoek duurt nog geen minuut. Ik houd Yulia zorgvuldig in de gaten om te zien of ze de arts niets aandoet, maar ze blijft stil liggen, knieën gebogen en haar blik op het plafond gericht. Alleen aan haar handen is haar ongemak te zien: ze zijn tot vuisten gebald.

Als Goldberg klaar is, trekt hij zorgvuldig Yulia's T-shirt weer naar beneden en loopt mijn richting op. 'Helemaal klaar,' zegt hij tegen ons beiden. 'Alles lijkt helemaal in orde. Haar IUD zit goed, dus jullie hoeven je nergens zorgen om te maken.'

IUD? Ik frons even, maar hij legt het al uit: 'Een intrauterine device. Anticonceptie.'

'Ik begrijp het.' Ik kijk Yulia even schattend aan. Als zij een spiraaltje heeft en uit het onderzoek blijkt dat ze geen soa's heeft, kan ik haar zonder rubbertje neuken.

Mijn penis wordt meteen hard.

Ze gaat zitten en kijkt recht voor zich uit. Haar wangen zijn nog altijd knalrood. Ik zou haar het liefst omhelzen en zeggen dat alles goedkomt, dat dit niet bedoeld was om haar te vernederen, maar daar is dit niet het moment voor.

Zover de arts weet, is zij mijn gevangene en haat ik haar, dus moet ik haar ook zo behandelen.

IK BEDANK GOLDBERG EN LOODS HEM DE KAMER UIT. ALS ik terugkom, zit Yulia nog steeds op de bank. Haar gezicht heeft weer zijn gebruikelijk porseleinen tint aangenomen, maar haar ogen glanzen. Ze is overstuur. Ik voel het gewoon, ook al ziet ze er niet zo uit.

'Yulia.' Ik loop op haar af, maar ze kijkt weg. Haar haren dansen als een gouden wolk over haar rug. 'Yulia, kom eens hier.'

Ze reageert niet, zelfs niet als ik haar naar me toe trek en dwing voor me te gaan staan. Haar blik blijft op een punt achter mijn linkeroor gericht.

Geërgerd grijp ik haar kaak, haar gezicht draaiend zodat ze me wel aan moet kijken. 'Ik wilde zeker weten dat je in orde bent,' zeg ik bot. In zekere zin zitten mijn gevoelens voor haar me nog steeds dwars. Ik wil haar beschermen en helen, in plaats van martelen en pijn doen. Deze obsessie is een zwakte en ik kan dan ook niet verhinderen dat er een woedende toon in mijn stem doorklinkt als ik zeg: 'Je had interne verwondingen kunnen hebben.'

Ze knijpt haar blauwe ogen samen. 'Onzin. Je wilde gewoon zeker weten dat je geen condoom hoeft te gebruiken.'

Die beschuldiging komt zo dichtbij mijn eerdere gedachte dat ik me heel even afvraag of ik die woorden hardop heb gesproken.

Blijkbaar zijn mijn gedachten op mijn gezicht af te lezen, want Yulia lacht kort en bitter. 'Ja, precies.'

'Dat is niet de reden...' Maar ik onderbreek mezelf. Ik ben haar geen uitleg verschuldigd. Als ik haar onderzocht wil hebben omdat ik haar zonder condoom wil neuken, dan is dat mijn goed recht. Misschien ben ik niet langer van plan om haar te martelen, ik ben ook nog niet vergeten wat ze gedaan heeft. De situatie waar ze zich in bevindt, is het gevolg van haar eigen acties. Ze is nu van mij.

Ik bezit haar, wat er ook gaat gebeuren.

'Ik ben ook gezond,' zeg ik dus maar. Een beter mens zou haar zeker weten met rust laten na wat ze me heeft verteld, maar zo'n goed mens ben ik niet. Ik wil haar te graag om mezelf haar lichaam te ontzeggen. 'Na de crash ben ik helemaal doorgelicht en ik heb niets.'

Ze klemt haar kaken even op elkaar. 'Gefeliciteerd.'

Het sarcasme in haar stem is zowel ergerlijk als opwindend. Alles aan deze vrouw is een gekmakende tegenstelling. Volgzaam maar opstandig, kwetsbaar en toch sterk. Het ene moment wil ik haar breken, haar laten bekennen dat ze me nodig heeft, en het volgende wil ik haar in een cocon hullen zodat haar nooit meer iets ergs kan overkomen.

Het enige wat ik niet wil, is haar laten gaan.

'Lucas.' Ze klinkt angstig als ik haar naar me toe trek. 'Wacht, ik...'

Maar ik druk mijn lippen op de hare om haar protest te smoren. Met één hand tegen haar achterhoofd en de ander om haar middel trek ik haar dicht tegen me aan. Ik voel de spanning in mijn ballen toenemen als mijn penis tegen haar platte buik duwt. Mijn altijd aanwezige honger naar haar vlamt onbeheersbaar op. Mijn tong glijdt over haar zachte, volle lippen en dringt dan haar mond binnen om die heerlijke, warme diepte te verkennen. Haar handen klauwen in mijn zij en ze kreunt zacht. Ik neem het geluid in me op, genietend van de manier waarop haar zachte, slanke lichaam tegen me aan smelt.

Verdomme, ik wil haar. Ik wil elke centimeter van haar, van haar hoofd tot haar tenen. Het is verkeerd, ongehoord en onmogelijk, maar ik kan het niet tegenhouden. De honger in mijn binnenste overspoelt de laatste restjes van mijn geweten. Ik weet dat ik een schoft ben om haar tot seks over te halen na wat ze allemaal doorstaan heeft, maar ik kan niet van haar afblijven. Misschien zou het anders zijn als ze mij niet wilde, maar dat wil ze wel. Zelfs door onze twee lagen kleding heen voel ik dat haar tepels hard zijn geworden en proef ik haar zoete opwinding in de bewegingen van haar tong om de mijne. In plaats van me weg te duwen, stort ze zich zowat op me. Het verlangen vaagt alle gedachten weg als het beest in mij het overneemt.

Ik heb geen idee hoe we op de bank eindigen, maar uiteindelijk leun ik op een elleboog, zij onder me. Haar T-shirt schuift omhoog als ik een hand naar haar kruis laat glijden. Ze is nat en heet vanbinnen als ik twee vingers in haar laat glijden en haar oprek zoals mijn penis straks ook gaat doen. Ik schuur met mijn hand over haar schaamlippen om haar klit te plagen. Haar spieren trekken om mijn vingers samen en ze kreunt mijn naam. Als haar vingernagels een pad over mijn rug trekken, kan ik niet langer wachten.

Ik trek mijn vingers uit haar en bevrijd mijn bonzende erectie, om me vervolgens in haar natte hitte te stoten.

Het voelt hemels. Ergens in mijn achterhoofd gaat een belletje rinkelen – moet ik geen condoom gebruiken? – maar ik ben te ver heen om te stoppen. De greep van haar lichaam voelt als pure perfectie, zo zacht en strak dat ik me zo ver ik kan in haar stort. Ze schreeuwt het uit en kromt haar rug, maar met mijn mond vang ik het geluid in een kus. Haar geur en smaak omhullen me en ik geniet van het fysieke genot van haar bezitten.

Van mij. Ze is van mij. De bevrediging die die gedachte me schenkt, is groot en primitief. Logica en verstand hebben hier niets mee te maken. Ik heb talloze vrouwen geneukt zonder ze te willen claimen, maar dat is wel wat ik met deze vrouw wil. Seks met Yulia draait om meer dan seks.

Het gaat erom haar aan me te binden, zo strak en stevig dat ze nooit meer bij me weg kan.

Ik hef mijn hoofd om haar aan te kijken. Mijn penis bonst in haar binnenste. Haar ogen zijn gesloten en haar half geopende mond is rood en gezwollen van mijn kussen. Een warme blos ligt over haar huid.

Ze is het meest sexy wezen dat ik ooit heb gezien en ze is van mij.

'Yulia.'

Ze opent haar ogen. Ik moet het woord hardop uitgesproken hebben. Haar blik is omfloerst en haar pupillen zijn verwijd. Ze lijkt overweldigd door dezelfde behoefte die mij vanbinnen lijkt te verbranden. Die aanblik tempert mijn wilde lust en vervult me met een ongewone tederheid.

Opnieuw bedek ik haar mond met de mijne, haar gekreun in me opnemend als ik langzaam in haar begin te stoten om van elke centimeter van haar strakke hitte te genieten. Ik heb nog nooit zonder condoom gevreeën en het voelt ongelofelijk. Haar kutje is zijdeachtig zacht, een gladde, delicate huls die speciaal voor mij gemaakt lijkt te zijn. Haar binnenste omklemt me, bekleed me met romig vocht als ik in en uit haar glijd. Haar ademhaling is mijn leidraad.

Die primitieve, bezitterige honger die me eerder in zijn greep had, is nog steeds aanwezig, maar wordt getemd door het verlangen haar genot te bezorgen, haar een deel te laten voelen van de extase die ik ervaar als ik met haar vrij. Terwijl ik dit langzame ritme aanhoud, verplaats ik mijn mond van haar lippen naar haar hals. Tegelijkertijd laat ik een hand onder haar T-shirt glijden om in haar borst te knijpen.

'Lucas. O, God, Lucas...' Mijn naam klinkt als een ademloze smeekbede uit haar mond op als ik met mijn tanden over de gevoelige huid in haar hals schraap en een tepel tussen mijn vingers neem om ermee te spelen. Ze kronkelt van verlangen; haar slanke benen zijn om mijn heupen geslagen, trekken me dieper in haar. Haar handen bewegen zich onrustig over mijn zijden. Ze trilt, ze beeft, even strak gespannen als een veer, zo dichtbij is ze. Ik verhoog het tempo.

Als ze dan eindelijk klaarkomt, voelt het als een aardbeving die door mijn lichaam rolt. Met een schreeuw kromt ze zich tegen me aan. Haar binnenste spieren trekken zich rond mijn penis samen en die kracht wordt me teveel: ik kan mijn eigen orgasme niet meer tegenhouden. Het genot is duister en intens, meeslepend en alles om me heen wegvagend met zijn ruwe kracht.

Met een hese grom stoot ik me zo diep mogelijk in haar. Dan klamp ik me aan haar vast en laat mijn penis in haar hete, schokkende binnenste spuiten.

 ulia

HIJGEND LIG IK ONDER LUCAS. MIJN HART BONST NA DIE verwoestende ervaring die seks met mijn cipier altijd lijkt te zijn.

Waarom is dat zo met deze moeilijke, gevaarlijke man die me haat? Ik ben niet bepaald onervaren. Weliswaar heb ik de afschuwelijkste vorm van seks doorstaan, maar ik heb ook fijne seks gehad. Mijn tweede opdracht was Vladimir Vashkov, een fitte veertiger en geheim agent. Hij genoot ervan een goede minnaar te zijn en leerde me over genot en opwinding, evenals hoe het was om echt klaar te komen. Ik dacht dat ik alles aankon wat een man me in bed aan kon doen, maar blijkbaar had ik het mis.

Lucas Kent kan ik niet aan.

Misschien was het beter voor me geweest als hij me opnieuw ruw had genomen. Lust – stotende, straffende lust – is wat ik verwachtte toen hij me naar zich toe trok. Dat was in eerste instantie ook wat er gebeurde. Hij kuste me onder dwang, gebruikte de reactie van mijn lichaam om me te overrompelen. Na de vorige keer was ik daarop voorbereid, maar niet op de tederheid die volgde.

Ik had niet verwacht behandeld te worden alsof ik ertoe doe.

'Yulia.' Hij vangt mijn blik en ik voel een blos over mijn wangen kruipen. Nu de mist van mijn opwinding wegtrekt, voel ik hem nog altijd diep in me – en ik houd hem daar, want mijn benen zijn nog altijd zo strak om zijn middel geslagen dat hij geen kant op kan.

Nog heviger blozend haal ik mijn enkels van elkaar en laat mijn benen zakken. Ook gebruik ik nu mijn handen tegen zijn zij om hem weg te duwen in plaats van naar me toe te trekken. Op dit moment kan ik Lucas' spelletje niet meespelen. Het voelt te echt.

Hij drukt een zachte kus op mijn lippen en maakt zich dan voorzichtig van me los. Als hij uit me glijdt, voel ik een warm, plakkerig goedje tussen mijn benen.

Zijn zaad.

Hij heeft me zonder condoom genomen.

Een irrationele bitterheid overspoelt me en verjaagt de laatste restjes van mijn bevrediging.

'Je had moeten wachten op de resultaten van de bloedtest,' zeg ik. Als Lucas opstaat, trek ik mijn T-shirt naar beneden. Dan pers ik mijn benen tegen elkaar en kijk hem strak aan. 'Ik heb AIDS en syfilis, weet je.'

'Is dat zo?' Hij klinkt eerder geamuseerd dan bezorgd. Intussen stopt hij zijn penis weer in zijn ondergoed en ritst zijn broek dicht. Zijn ogen glinsteren als hij me aankijkt. 'Wat nog meer? Gonorroe misschien?'

'Nee, alleen herpes en chlamydia.' Ik glimlach liefjes naar hem en kom op een elleboog omhoog. 'Maar daar kom je binnenkort wel achter als de testresultaten binnen zijn. Mag ik nu dan misschien een handdoek of een tissue? Ik wil je mooie tapijt niet bevuilen.'

Tot mijn teleurstelling hapt hij niet. In plaats daarvan schiet hij in de lach en loopt naar de keuken, om een seconde later terug te zijn met keukenpapier. 'Alsjeblieft,' zegt hij als hij me het papier aanreikt. Met openlijke interesse kijkt hij vervolgens toe als ik de plakkerige nattigheid van mijn dijen veeg en intussen probeer mijn T-shirt naar beneden te houden.

'Goed gedaan,' zegt hij als ik klaar ben. 'Heb je trek? Ik vind het tijd voor een tweede ontbijt.'

Zijn kalmte frustreert me. Behoorlijk. Ik weet niet waarom ik mijn hoofd zo nodig in de bek van de leeuw moet steken, maar toch is dat wat ik doe. Ik haat wat hij me heeft aangedaan; dat onpersoonlijke onderzoek van die arts was zowel vernederend als mensonterend. En dan dat slappe excuus over mogelijke interne verwondingen... Alsof ik niet precies wist wat hij dacht!

Alsof ik niet weet dat ik zolang het hem uitkomt zijn seksspeeltje ben.

'Ik heb geen trek,' zeg ik – maar dat is een leugen. Mijn lichaam snakt naar calorieën na zolang honger te hebben geleden. 'Wacht, nee, ik...'

Maar voor ik mijn zin kan afronden, hoor ik een vaag zoemend geluid. Lucas reikt naar zijn zak. Hij pakt zijn telefoon, kijkt ernaar en vloekt zachtjes.

'Wat is er?' Maar voor ik goed en wel uitgesproken ben, sleurt hij me al aan een arm van de bank.

'Esguerra heeft me nodig,' zegt hij terwijl hij me de gang door voert. 'Ga even plassen als je moet, daarna bind ik je weer vast. We eten wel als ik terug ben.'

De kille cipier is weer terug.

10

Lucas

Julian Esguerra zit al in zijn kantoor als ik binnenstap. De monitors aan de muur tonen het nieuws van over de hele wereld. Ik kijk even naar Bloomberg Live, waar een bekende econoom een nieuwe crash van de aandelenmarkt voorspelt.

Tijd voor een telefoontje aan mijn vermogensbeheerder.

Ik loop langs de grote, ovalen vergadertafel naar Esguerra's brede bureau, waar ook meerdere beeldschermen op staan. Hij is aan het bellen; met een hand gebaart hij dat ik op een van de luxe leren fauteuiltjes moet gaan zitten. Ik doe zoals aangegeven en wacht tot hij het gesprek afgerond heeft. Als een paar opmerkingen over de veiligheid rond de Israëlische grens langskomen, neem ik aan dat hij met zijn contact bij de Mossad, de Israëlische veiligheidsdienst, spreekt.

Na een minuut of wat hangt Esguerra op en richt zijn aandacht op mij. 'Hoe gaat het met de ondervraging?' vraagt hij. 'Zijn er al vorderingen?'

'Een beetje,' zeg ik met een schouderophalen. 'Nog niets noemenswaardigs.' Normaal gesproken houd ik niets achter voor mijn baas, maar ik wil het niet met hem over Yulia hebben tot ik heb uitgevogeld wat ik ga zeggen. Hij is de enige op het landgoed die de macht heeft me haar af te nemen, dus ik moet voorzichtig te werk gaan.

Esguerra's meedogenloze reputatie is niet onverdiend.

'Mooi.' Mijn antwoord lijkt hem tevreden te stellen. 'Nu over de reden dat ik je wilde spreken...'

'Een urgente kwestie omtrent de veiligheid, zei je.'

'Ja.' Hij leunt achterover, zijn handen achter zijn hoofd gevouwen. 'Nora en ik gaan op reis naar de Verenigde Staten om haar familie te bezoeken. Ik wil dat jij tijdens die reis voor onze beveiliging zorgt.'

'Je gaat op bezoek bij je schoonouders? In Oak Lawn?' Ik ben ervan overtuigd dat ik hem verkeerd heb verstaan, maar hij knikt.

'We blijven twee weken,' zegt hij. 'Ik wil optimale beveiliging.'

'Goed,' zeg ik. Stiekem ben ik ervan overtuigd dat Esguerra knettergek geworden is, maar het is niet aan mij om dat te zeggen. Als hij graag naar een land wil waar de FBI hem zoekt en twee weken wil doorbrengen met de ouders van het meisje dat hij ontvoerd, getrouwd en bezwangerd heeft, is dat aan hem.

Ik ben er om te zorgen dat hij dat veilig kan doen.

'De nieuwe rekruten zijn al ver met hun training, dus we kunnen enkele van de meer ervaren mannen meenemen,' denk ik hardop na. 'Vijfentwintig is waarschijnlijk genoeg.'

'Dat klinkt goed. Ik wil ook gepantserde voertuigen en genoeg kogels en wapens.'

Ik knik, al bezig de logistiek ervan uit te denken. Sommigen zouden zeggen dat Esguerra paranoïde is – in de buitenwijken van Chicago heb je niet bepaald een gepantserde auto nodig – maar ik vind het niet vreemd dat hij voorzichtig is. Al-Quadar mag dan voor nu vernietigd zijn, er zijn nog genoeg anderen die hem en zijn knappe jonge vrouw graag in handen zouden krijgen.

'Ik ga het regelen,' zeg ik, hoewel mijn borst samentrekt bij de gedachte aan wat dit betekent.

Ik zal twee hele weken van mijn gevangene gescheiden zijn.

'Hoelang gaat het je duren alles te regelen?' vraagt Esguerra. 'Nora is over anderhalve week klaar met haar examens.'

'Ik schat zo'n twee weken.' Twee weken waarin Yulia nog tot mijn beschikking staat. 'De auto's en wapens regelen gaat me wat tijd kosten, zeker als we de FBI en de CIA in het ongewisse willen laten.'

'Goed idee. Dat willen we zeker.' Esguerra haalt zijn handen achter zijn hoofd vandaan en leunt naar voren. 'Goed. Twee weken is prima. Bedankt.'

Ik knik en sta op om te gaan, maar voor ik me heb omgedraaid, zegt Esguerra: 'Nog één ding, Lucas.'

Er is iets vreemds aan zijn intonatie en ik blijf staan. 'Wat is er?'

'Ik weet niet of je het weet, maar mijn vrouw en haar vriendin hebben gisterochtend Yulia Tzakova in je huis gezien. Nora zei het vanochtend.'

'Wat?' Dat is wel het laatste wat ik verwachtte. 'Wat deden Nora en haar vriendin... Wacht eens even. Welke vriendin?'

'Rosa, ons dienstmeisje,' zegt Esguerra. 'Ze zijn de afgelopen paar maanden goede vriendinnen geworden. Ik heb geen idee wat ze daar deden, maar als ik jou was, zou ik mijn huis goed beveiligen.' Hij zwijgt even en kijkt me grimmig aan. 'Ik wil niet dat Nora ergens aan blootgesteld wordt in haar conditie. Begrepen?'

'Jazeker.' Ik houd mijn stem neutraal. 'Ik zal erop letten dat ik niet meer ongewenst bezoek ontvang.'

En de eerstvolgende keer dat ik Esguerra's dienstmeisje zie, moeten zij en ik even praten.

ulia

'Hé.'

Een zacht getik op het raam trekt mijn aandacht. Geschrokken kijk ik op. Daar is het donkerharige meisje dat me eerder ook had gezien, het meisje dat ik voor Lucas' vriendin aanzag.

'Hé,' zegt ze nogmaals, haar neus tegen het raam gedrukt. 'Hoe heet je?'

'Ik ben Yulia.' Ik heb niets te verliezen en kan dus best even met haar praten. In elk geval ben ik ditmaal niet naakt. 'Wie ben jij?'

'Yulia,' herhaalt ze, alsof ze mijn naam in haar geheugen opslaat. 'Jij bent de spionne die het vliegtuigongeluk veroorzaakt heeft.' Het is een vaststelling, geen vraag.

Ik staar haar aan en laat niets van mijn gedachten blijken. Ik heb geen idee wie ze is of wat ze van me wil – dus zeg ik niets wat me in de problemen zou kunnen brengen.

Ze knikt, alsof mijn zwijgen haar tevreden stemt. 'Waarom heeft Lucas je hierheen laten komen?'

In plaats van te antwoorden, vraag ik: 'Wie ben jij? Wat wil je?'

Ik verwacht van haar ook geen antwoord, maar ze zegt: 'Ik ben Rosa. Ik werk in het grote huis.'

De naam komt me bekend voor. Ik denk even na en dan weet ik het weer. Lucas had het vanochtend over ene Rosa. Zij moet Lucas die soep hebben gegeven.

'Wat wil je?' vraag ik, terwijl ik het meisje aandachtig ik me opneem.

'Ik weet het niet.' Dat antwoord verrast me. 'Ik denk dat ik je gewoon wilde zien.'

Ik knipper even. 'Waarom?'

'Omdat je al die bewakers en ook bijna Julian en Lucas gedood hebt.' Haar uitdrukking verandert niet, maar ik hoor de spanning in haar stem. 'En om de een of andere reden houdt Lucas je in zijn huis opgesloten in plaats van vastgebonden in het schuurtje, waar alle verraders zoals jij eindigen.'

Mijn angst is dus gegrond. Dit meisje haat me om wat er gebeurd is – en misschien vind ze Lucas leuk. 'Vind je hem leuk?' Soms is de botte aanpak de beste aanpak. 'Ben je daarom hier?'

Ze bloost hevig. 'Dat gaat je niets aan.'

'Jij komt naar me kijken, dus gaat het me wel degelijk aan,' is mijn geamuseerde reactie. Ze is zo te zien niet veel jonger dan ik, maar ze lijkt zo naïef dat er decennia in plaats van jaren tussen ons zouden kunnen zitten.

Rosa staart me met toegeknepen bruine ogen aan. 'Je hebt gelijk,' zegt ze dan. 'Ik zou hier niet moeten zijn.' Snel draait ze zich om en duikt uit zicht.

'Rosa, wacht,' roep ik nog, maar ze is al weg.

ER GAAN MINSTENS TWEE UUR VOORBIJ VOORDAT LUCAS terugkomt en tegen die tijd doet mijn maag gewoon pijn van de honger. Volgens de klok aan de muur is het één uur 's middags – dus mijn vroege ontbijt met Rosa's soep is bijna zeven uur geleden.

Ondanks mijn honger voel ik mijn huid tintelen als Lucas op me af loopt. Zijn tred is de atletische, soepele tred van een krijger. Net als gisteren draagt hij een spijkerbroek en een mouwloos T-shirt. Zijn spieren tekenen zich bij iedere beweging af en zijn lichaam straalt kracht uit. Opnieuw doet hij me denken aan een oude Slavische held – hoewel de vergelijking met een Viking-plunderaar toepasselijker zou zijn.

'Laat me raden,' zegt hij terwijl hij voor me knielt. Zijn blauwgrijze ogen glinsteren. 'Je vergaat van de honger.'

'Op zich heb ik wel trek,' zeg ik als hij mijn enkels los heeft gemaakt. Ik heb ook wel zin in een vorm van entertainment zonder hagedissen, evenals een comfortabelere stoel, maar over zulke kleinigheden klaag ik niet. Na mijn tijd in de Russische gevangenis is mijn huidige accommodatie niets minder dan luxe.

Lucas grinnikt. Hij staat op en maakt mijn armen los. 'Dat geloof ik wel.' Zijn grote handen voelen warm aan op mijn huid. 'Ik kan je maag vanaf hier horen rommelen.'

'Dat krijg ik als ik niet eet,' zeg ik. Onwillekeurig vormt zich een glimlach om mijn lippen. Ik kan hem niet tegenhouden.

Dit is absurd. Ik ben toch niet daadwerkelijk blij om hem te zien?

Het komt gewoon omdat ik zo te eten krijg, houd ik mezelf voor. Tegen de tijd dat Lucas het touw heeft verwijderd en me omhoog trekt, heb ik mijn glimlach dan ook weer veilig opgeborgen. Natuurlijk komt het omdat ik zijn binnenkomst onbewust associeer met goede dingen: eten, toilet, niet vastgebonden zitten. Zelfs orgasmen, hoe verontrustend die ook zijn.

Het is pas mijn tweede dag hier, maar mijn lichaam is nu al geconditioneerd om mijn cipier als een bron van plezier te beschouwen, net zoals dat Pavlovs honden begonnen te kwijlen als ze een belletje hoorden. Ik weet dat Lucas me op een dag, binnenkort, pijn zal gaan doen, maar het feit dat hij dat tot dusver nog niet heeft gedaan, heeft mijn angst ten opzichte van hem flink verminderd.

Het heeft geen zin om bang te zijn als marteling en dood niet direct aan de orde zijn.

'Kom,' zegt Lucas. Zijn vingers vormen een onverbreekbare schakel rond mijn pols als hij me naar de keuken leidt. 'Er is nog wat soep en ik kan broodjes voor ons maken.'

'Goed,' zeg ik. Ik heb honger genoeg om het behang op te eten, dus het feit dat de maaltijden vrijwel steeds hetzelfde zijn, stoort me niet. Toch kan ik het eenmaal bij de tafel niet nalaten om te vragen: 'Wil je dat ik iets kook voor het avondeten? Ik kan echt koken.'

Hij laat mijn pols los en kijkt me met een flauwe glimlach aan. 'O, ja. Jij en messen. Dat lijkt me echt een goed idee.' Hij trekt een stoel voor me naar achteren. 'Ga zitten, schatje. Ik ga broodjes maken.'

Schatje? Lieverd? Het kost me grote moeite om niet te reageren. Intussen pakt hij de ingrediënten voor de broodjes en schenkt de soep in kommen. Op zich betekenen koosnaampjes weinig, maar ze herinneren me aan wat er eerder tussen ons is voorgevallen.

Hij zag me op mijn zwakst en probeerde me te breken.

Lucas wendt zich af en warmt de soep op in de magnetron. Ik haal diep adem om te kalmeren. Het is het niet waard me hier druk om te maken. Dat invasieve onderzoek van de dokter wel, maar dit niet. Ik moet meespelen en net doen of ik hem begin te vertrouwen. Op die manier lijkt de informatie die ik dan stukje bij beetje loslaat betrouwbaar, omdat de emotionele band tussen ons dan echt voelt.

'Nou,' zegt Lucas terwijl hij een kom soep voor me neerzet, 'hoe komt het dat je zo goed Engels spreekt? Je hebt nauwelijks een accent.' Hij gaat tegenover me zitten. Zijn bleke ogen nemen me met onbewogen nieuwsgierigheid op.

Zo begint de milde ondervraging dus.

Ik blaas in de soep om hem wat af te koelen en denk intussen snel na. 'Mijn ouders wilden dat ik Engels zou leren,' zeg ik na een hap te hebben doorgeslikt, 'dus kreeg ik bijles erin. Als je een taal jong leert, houd je nauwelijks een accent.'

'Je ouders?' Lucas trekt zijn wenkbrauwen op. 'Bereidden zij je voor op een leven als spion?'

'Een leven als spion? Natuurlijk niet.' Ik neem nog een hap en negeer de pijn van de opwellende herinneringen. 'Ze wilden alleen dat ik succesvol zou worden. Een baan bij een internationale organisatie of zo.'

'Maar ze vonden het goed dat je gerekruteerd werd?' Hij fronst.

'Ze waren dood.' Dat klinkt botter dan ik het bedoelde, dus voeg ik er op kalmere toon aan toe: 'Ze zijn omgekomen bij een auto-ongeluk toen ik tien was.'

Hij haalt diep adem. 'Verdomme, Yulia. Dat vind ik erg. Je moet het er zwaar mee hebben gehad.'

Hij vindt het erg? Ik wil hem uitlachen en zeggen dat hij geen idee heeft hoe erg het is, maar in plaats daarvan slik ik en kijk naar mijn kom, alsof het onderwerp te gevoelig ligt om over te praten. En in dit geval is het geen act – dat is het namelijk ook. Praten over het verlies van mijn ouders is als krabbelen aan een korstje dat nog niet genezen is. Ik had kunnen liegen en iets kunnen verzinnen, maar dat zou niet half zo effectief zijn geweest. Ik wil dat Lucas ziet dat ik hier echt onder lijd. Hij moet geloven dat hij me zonder brute kracht of marteling kan breken.

Hij moet geloven dat ik zwak ben.

'Ben je...' Hij legt een hand op de mijne. Zijn vingers voelen warm aan. 'Yulia, ben je enig kind?'

Ik blijf naar de tafel kijken in de wetenschap dat mijn haar mijn uitdrukking verbergt en knik. Mijn broertje is een deel van mijn verleden dat ik niet aan Lucas kan blootgeven. Misha is te nauw betrokken bij Obenko en de organisatie.

Lucas trekt zijn hand terug en ik weet dat hij me gelooft. En waarom zou hij ook niet? Tot dusver ben ik volkomen eerlijk tegen hem geweest.

'Heeft familie je toen in huis genomen?' vraagt hij dan. 'Grootouders? Tantes? Ooms?'

'Nee.' Ik til mijn hoofd op om hem aan te kijken. 'Mijn ouders hadden geen broers of zussen en ik werd geboren toen zij al halverwege de dertig waren, wat voor die generatie in Oekraïne laat was. Tegen de tijd dat ze het ongeluk kregen, had ik nog één opa – en die was stervende aan kanker.' Wederom de waarheid.

Lucas neemt me op en ik zie dat hij al weet wat het antwoord op zijn volgende vraag wordt. 'Je kwam in een weeshuis terecht, hè?' zegt hij zacht.

'Ja. Ik kwam in een weeshuis terecht.' Ik kijk opnieuw naar beneden en dwing mezelf verder te eten. Mijn maag draait, maar ik moet eten om aan te sterken.

Tijdens de rest van de maaltijd vraagt hij niets meer en daar ben ik blij om. Op de één of andere manier verwachtte ik niet dat ik het hier zo zwaar mee zou hebben. Na al die jaren zou ik er wel overheen mogen zijn, maar zelfs die korte opmerking over het weeshuis haalt de herinneringen weer boven, evenals die oude gevoelens van rouw en wanhoop.

Als we klaar zijn met de soep, staat Lucas op om de kommen af te wassen. Daarna schenkt hij twee glazen water in, maakt de broodjes en zet mijn portie voor me neer.

'Hebben ze je daar gerekruteerd? In het weeshuis?' vraagt hij zacht terwijl hij gaat zitten. Ik knik en kijk hem opzettelijk niet aan. Dit komt te dicht in de buurt van wat ik niet met hem kan bespreken en dat weten we allebei.

Hij zucht even. 'Yulia.' Ik til mijn hoofd op om hem aan te kijken. 'Wat als ik je zou zeggen dat ik wil dat we het verleden achter ons laten?' Zijn stem klinkt ongewoon mild. 'Dat ik je niet langer wil laten boeten en alleen de mensen wil vinden die hiervoor verantwoordelijk zijn. De mensen die je die opdracht gaven.'

Ik staar hem nietszeggend aan, alsof ik zijn woorden probeer te verwerken. Uiteraard had ik dit verwacht. Het is een logische volgende stap. Eerst sympathie en zorg – deels oprecht, wellicht – en dan een aanbod van onschendbaarheid als ik bereid ben mijn opdrachtgevers te verraden. Het verblijf in zijn huis, het douchen, het eten – het behoorde allemaal tot de aanloop hiernaartoe. Alleen de seks was geen onderdeel van het plan. De intimiteit tussen ons is te rauw en te sterk om geënsceneerd te zijn.

Hij heeft me genomen omdat hij dat wilde, maar de rest hoort allemaal bij het spelletje.

'Wil je me laten gaan?' Mijn stem klinkt precies ongelovig genoeg. Alleen een totale idioot zou voor deze nepbelofte vallen en hopelijk denkt Lucas niet dat ik zó dom ben. Hij zal zijn best moeten doen me ervan te overtuigen dat ik hem kan vertrouwen – en ik ga die tijd gebruiken hem zover te krijgen dat hij minder op zijn hoede is.

Tot mijn verbazing schudt Lucas zijn hoofd. 'Dat kan ik niet doen,' zegt hij. 'Maar ik kan je wel beloven je geen pijn te doen.'

Ik laat mijn tong over mijn plots droge lippen glijden. Dit was niet wat ik verwachtte; normaal gesproken is vrijheid de wortel die je voorgehouden krijgt. 'Wat bedoel je precies?'

Als hij mijn blik vasthoudt, versnelt mijn hartslag bij het zien van de duistere hitte in zijn blik. 'Wat ik bedoel, is dat ik je wil. Als je me over de leden in je organisatie vertelt, zal ik je tegen hen beschermen – en tegen ieder ander die je iets wil aandoen.'

Mijn maag trekt samen; angst en verlangen strijden met elkaar. 'Ik begrijp het niet. Als je me niet wilt laten gaan...'

Hij kijkt me zwijgend aan en laat me zo mijn eigen conclusies trekken.

Mijn polsslag klinkt als een razend drumsalvo in

mijn oren terwijl ik mijn water pak. Vanuit mijn ooghoek zie ik dat mijn hand lichtjes trilt. Ik drink het glas gulzig leeg, meer om tijd te rekken dan om mijn dorst te lessen. Dan zet ik het neer en kijk hem aan.

'Bescherming in ruil voor seks, dat is wat je bedoelt,' zeg ik. Mijn stem trilt ook een beetje.

Lucas knikt. 'Zo zou je het kunnen zien.'

'En je baas dan?' Ongelofelijk dat het gesprek zo'n wending genomen heeft. 'Verwacht hij niet dat je me in stukken hakt, of wat je normaal gesproken ook doet om mensen aan het praten te krijgen? Is dat niet de reden dat hij me hierheen heeft laten komen?'

'Ik heb je hierheen laten komen, niet Esguerra.'

Verbijsterd staar ik hem aan. 'Wat?'

'Ik wilde je.' Lucas laat zijn onderarmen op de tafel rusten en leunt naar voren. 'Die ene nacht samen was niet genoeg. Het klopt dat ik je wilde straffen voor wat er gebeurd is, maar bovenal begeerde ik je.' Zijn stem wordt hees. 'Ik wilde je in mijn bed, op de vloer, tegen een muur... Op elke manier denkbaar.'

'Je hebt me hierheen laten komen voor seks?' Dit had ik nooit kunnen bedenken. 'Je hebt me uit die gevangenis gehaald om me te kunnen neuken?'

Zijn blik wordt duister. 'Ja. Ik hield mezelf voor dat het om wraak ging, maar het ging om jou.'

'Ik...' Niet langer in staat te blijven zitten, sta ik op. Mijn eetlust is verdwenen. 'Ik moet hier even over nadenken.' Het klinkt gesmoord.

Op trillende benen loop ik naar het keukenraam. Zonlicht danst over het tropische plantendek, maar ditmaal kan de natuurlijke schoonheid voor me mijn aandacht niet vasthouden. Lucas' onthullingen hebben me totaal van mijn stuk gebracht.

Is dit de waarheid of gewoon een nieuwe poging om me uit mijn evenwicht te brengen en zo antwoorden te vergaren? Een verrassend nieuwe ondervragingstechniek, die gebruik maakt van de wederzijde aantrekkingskracht tussen ons? Ik ben het gewend dat mannen achter me aan zitten, maar dit gaat veel verder.

Lucas' woorden duiden op een obsessie die, indien echt, doodeng zou zijn.

Terwijl ik zijn opmerkingen zo probeer te verwerken, hoor ik zijn voetstappen achter me. Dan legt hij zijn grote handen op mijn schouders. Hij is opgewonden; ik voel zijn erectie tegen mijn achterste als hij me tegen zijn harde lichaam trekt.

'Dit hoeft niet naar voor je te zijn, schoonheid.' Zijn adem voelt warm aan op mijn huid als hij een kus op mijn slapen drukt. 'Je kunt hier veilig zijn, bij mij.'

Een rilling van verraderlijk verlangen trekt door me heen. Mijn tepels duwen tegen mijn T-shirt. 'Hoe dan?' fluister ik. Ik sluit mijn ogen. De harde, goedgevormde spieren van zijn borst steunen mijn rug; zijn kracht is beangstigend verleidelijk. Het voelt alsof hij mijn diepste verlangens heeft kunnen zien: mijn verlangen naar de veiligheid van zijn omarming. 'Hoe kun je dat beloven als je baas me in een oogwenk kan laten doden?'

'Hij zal niet aan je komen.' Lucas slaat zijn sterke

armen om me heen in een gebaar dat zowel beperkend als beschermend is. 'Dat sta ik niet toe. Esguerra is me iets verschuldigd en jij bent wat ik ervoor terug wil.'

'Lucas, dit...' Ik laat mijn hoofd tegen zijn schouder leunen als hij zijn mond over mijn oor laat glijden. De druk van zijn erectie neemt toe. 'Dit is waanzin.'

'Dat weet ik.' Zijn stem is een laag, zwaar gebrom in mijn oor. 'Denk je dat ik dat verdomme niet weet?' Hij laat me los, draait me om en trekt me aan mijn heupen weer tegen zich aan. Geschrokken neem ik het wilde verlangen op zijn gezicht in me op. In een vloeiende beweging duwt hij me naar rechts, tegen de muur naast het raam. Zijn onderlichaam houdt me daar op mijn plek. 'Denk je niet dat ik mezelf dat niet al talloze malen heb voorgehouden?' Zijn erectie duwt tegen mijn buik; zijn blik lijkt me te verschroeien. Aan zijn verwijde pupillen en het adertje dat bij zijn slapen bonst, kan ik zien dat dit geen toneelspel is.

Totaal niet, zelfs.

Mijn adem stokt als verlangen zich met een primitieve angst mengt. De man voor me is niet in staat om naar rede te luisteren – en eigenlijk is dat ook precies wat mijn lichaam van hem wil.

'Lucas.' Het kost me moeite de bedwelming van zijn aanwezigheid te weerstaan, maar ik leg mijn handen tegen zijn borst en duw hem van me af. 'Lucas, we moeten praten...'

'Wil je hierover praten?' Met een ruwe, suggestieve beweging duwt hij zijn heupen tegen me aan. Ik voel zijn penis tegen mijn buik duwen alsof er geen twee lagen kleding tussen zitten. Zijn hand sluit zich om mijn kaak om me op mijn plek te houden en hij leunt naar voren tot zijn lippen luttele centimeters van de mijne verwijderd zijn. Vol verwachting blijf ik doodstil staan. Mijn hart bonst van opwinding – maar dan zie ik vanuit mijn ooghoek een beweging.

Geschrokken kijk ik richting het raam, precies op tijd om een bos donker haar te zien verdwijnen.

'Wat is er?' Lucas' toon is scherp. Hij heeft duidelijk door dat ik afgeleid ben. Hij kijkt ook naar het raam en vloekt zacht, waarna hij me loslaat en erheen loopt.

Intussen glip ik om hem heen en ga aan de andere kant van de tafel staan. Mijn lichaam zindert van verlangen, maar toch ben ik blij met dit uitstel. Ik heb tijd nodig om Lucas' woorden te kunnen verwerken. Dat kan ik niet als hij me helemaal lens neukt.

Mijn blik glijdt naar het onaangeroerde broodje op de tafel. Hoewel ik geen trek meer heb, pak het op en zet mijn tanden erin. Op dat moment draait Lucas zich naar me toe. Zijn mond is tot een harde lijn geperst.

'Wie was dat?' Een mondvol brood smoort mijn woorden. Ik heb tijd nodig en alleen zo kan ik mijn uitstel rekken. Vastberaden kauw ik op het brood, intussen met het broodje naar het raam gebarend. 'Bezoek voor je?'

Een spiertje in zijn kaak trilt. 'Nee, niet echt.' Lucas gaat aan de andere kant van de tafel zitten. Zijn lichte ogen lijken me te doorboren. 'Je zag iemand buiten. Wie zag je?'

Ik probeer de ineens droge, smakeloze hap eten

door te slikken. 'Geen idee. Ik zag alleen een achterhoofd,' antwoord ik naar waarheid. Wat ik niet zeg, is dat ik een heel gegrond vermoeden heb wie de eigenaar van die bos haar is.

'Man? Vrouw?' dringt Lucas aan. 'Lang haar? Kort?'

Opzettelijk neem ik nog een hap, langzaam kauwend alsof ik over zijn vraag nadenk. 'Een vrouw,' zeg ik als ik weer kan praten. Hij zou me niet geloven als ik zou zeggen iets dat zo duidelijk is niet te weten. 'Haar in een knot en volgens mij droeg ze een donkere jurk.'

Lucas knikt alsof ik zijn vermoeden bevestigd heb. 'Goed,' zegt hij. Zijn gezichtsuitdrukking ontspant zich.

Dan pakt hij zijn eigen broodje en eet verder – maar zijn blik blijft op mij gericht.

 ucas

We ronden de maaltijd in stilte af. De lucht voelt zwaar van de seksuele spanning. Als ik Yulia de laatste kruimels van haar vingers zie likken, zwelt mijn penis pijnlijk stijf op tegen mijn spijkerbroek.

Als Rosa niet zo nodig spionnetje moest spelen, had ik nu al in Yulia kunnen zijn, haar hard tegen de muur nemend.

Ik heb mijn gevangene geschokt. Dat is te zien aan haar blos en de manier waarop ze mijn blik ontwijkt. Geloofde ze me? Beseft ze dat ik het meende? De oplossing tot het vraagstuk wat ik met haar moet, kwam in me op toen ik naar huis liep. Ik wist meteen dat dit de enige manier was.

Ik ga doen wat mijn instinct van me vraagt. Ik ga Yulia houden.

Ooit zou zo'n daad onvoorstelbaar zijn geweest. Toen ik nog op de middelbare school zat, zou ik iemand die me zei dat ik alleen al zou overwegen een vrouw tegen haar zin vast te houden keihard hebben uitgelachen. Zelfs in de marine, lang nadat ik wist dat ik zonder een greintje spijt alles kon doen wat de klus van me vroeg, hield ik nog vast aan de normen en waarden van mijn jeugd en vocht ik tegen de duisternis in mijn binnenste. Pas toen ik eenmaal een gezochte crimineel was, begreep ik mijn ware aard en accepteerde daarmee mijn bereidheid grenzen te overschrijden die ik ooit als heilig beschouwde.

Yulia bij me houden is niets als je het in het grotere geheel beschouwt – en beter dan wat ik oorspronkelijk met haar van plan was.

'Hoe zie je dit voor je?' Eindelijk doorbreekt ze de stilte. Ze kijkt me nu ook recht aan. 'Ben je van plan me de hele dag op de stoel vastgebonden te houden en elke nacht in bed aan je te ketenen?'

Ik glimlach naar haar. Verwachting raast door me heen. 'Alleen als je daar geil van wordt, schoonheid. Zo niet, dan kunnen we vast iets beters bedenken.' In gedachten overweeg ik de zenders die Esguerra bij zijn vrouw heeft laten implanteren. Zoiets zou ik ook bij Yulia kunnen doen – en dan wel zorgen dat ten minste één ervan zich op zo'n plek bevindt dat hij nagenoeg onmogelijk te verwijderen is.

Maar eerst moet ik die organisatie waar ze voor

werkt te gronde richten; anders kan Yulia met hun hulp ontsnappen, zenders of geen zenders.

'Maak je me dan los?' Ze staart me met grote ogen aan. 'Mag ik dan naar buiten?'

'Jazeker.' Zodra haar organisatie vernietigd is en ze haar zenders heeft. 'Maar dan moet je me eerst over je werkgevers vertellen. Wie is het hoofd van het programma?'

Ze geeft geen antwoord. In plaats daarvan staat ze op en gooit onze papieren bordjes in de vuilnisbak in de hoek. Ik houd haar in de gaten om te zien of ze niets probeert, maar ze gooit alleen de bordjes weg en loopt terug naar de tafel.

Bij haar stoel blijft ze staan. 'Hoe weet ik of ik je kan vertrouwen? Je zou me kunnen doden nadat ik je verteld heb wat je wilt weten.'

'Dan kan ik inderdaad, maar dat ga ik niet doen.' Ik loop naar haar kant van de tafel en laat mijn knokkels over de zachte huid van haar wang glijden. 'Daarvoor wil ik je te graag.'

De blos op Yulia's gezicht verdiept zich. 'Dus? Je gaat me sparen omdat je me wilt neuken?' In haar stem klinkt zowel ongeloof als spot door. 'Laat je je lul altijd bepalen wie het overleeft?'

Ik grinnik, niet in het minst beledigd. 'Nee, schoonheid. Alleen als hij zo volhardend is.'

Ik kan me niet herinneren ooit van mijn doel te zijn afgebracht door een vrouw. Weliswaar heb ik altijd van seks en vrouwen gehouden, maar begeerte is nog nooit een drijvende kracht achter mijn daden geweest. Mijn laatste langere relatie – een affaire in Venezuela die drie maanden duurde – stamt van voor mijn tijd bij de Esguerra-organisatie. Ik heb al jaren niet meer aan dat meisje gedacht. De laatste jaren waren het altijd onenighstands, die soms enkele dagen duurden. Maar niets serieus.

Yulia kijkt me met opgetrokken wenkbrauwen aan en ik kan niet langer wachten. Ze is van mij en ik ga doen waar mijn lichaam al een uur naar snakt.

'Kom mee,' zeg ik, mijn vingers om haar slanke arm sluitend. 'Tijd dat we onze regeling beginnen.'

Ze zwijgt terwijl ik haar naar de slaapkamer leid. Haar lange, slanke benen trekken mijn aandacht. Waarschijnlijk moet ik wat kleren voor haar regelen, maar ik vind het voorlopig prima haar in mijn T-shirt te zien, ondanks dat het te groot is voor haar slanke lichaam.

Volgens de normen en waarden uit mijn jeugd is wat ik haar aandoe verkeerd. Ze is mijn gevangene en ik laat haar geen keus. Ik dwing haar in een relatie die ze misschien niet wil, ondanks haar fysieke reactie op mij en haar bereidheid mijn aanrakingen te verdragen. Het is verleidelijk mezelf voor te houden dat haar werk mijn behandeling rechtvaardigt, maar ik weet wel beter.

Door omstandigheden die buiten haar macht lagen,

is ze hierin terecht gekomen. Ik ben een wrede schoft door daar misbruik van te maken.

Als ik Yulia's T-shirt over haar hoofd trek, wacht ik op een protest van mijn geweten – maar het enige wat ik voel, is een hevig verlangen naar haar. Wat ik de afgelopen acht jaar heb gedaan – gedaan om te overleven – heeft me beroofd van de normen en waarden die mijn familie me had meegegeven. Het laagje beschaving dat altijd al oppervlakkig was, is nu helemaal verdwenen. De man die nu voor Yulia staat, lijkt op geen enkele manier nog op de jongen die zestien jaar geleden zijn gegoede afkomst achter zich liet. Mijn geweten blijft zwijgen als ik het T-shirt op de grond laat vallen en mijn blik over het naakte lichaam van mijn gevangene laat glijden.

'Ga liggen,' zeg ik. Mijn stem klinkt hees. 'Ik wil je op je rug nemen.'

Ze aarzelt even. Ik vraag me af of ze toch nog gaat tegenstribbelen. Dat zou zinloos zijn – zelfs fit is ze ondergeschikt aan me – maar ik zie haar ervoor aan toch iets te proberen.

Maar tot mijn opluchting doet ze dat niet. In plaats daarvan klimt ze op het bed en gaat liggen. Haar blik houdt ze op mij gericht.

Als ik naar haar toe loop, wordt mijn penis nog stijver. Hoewel Yulia nog steeds te dun is, heeft haar lichaam prachtige verhoudingen: een dun middel, vrouwelijke heupen en hoge, ronde borsten. Haar blonde haar ligt als een aureool op het kussen en omlijst een gezicht dat zo uit een modetijdschrift kan komen. Haar fijne trekken, volle wimpers en perfecte huid maken haar bijna te mooi om te neuken.

Bijna, hè.

Maar ik houd mijn lust onder controle. Ik wil haar geen pijn doen. Ze heeft al genoeg geleden, zowel door mij als door anderen. Alleen al de gedachte aan andere mannen die aan haar zitten, bezorgt me moordneigingen.

Als ooit nog een man aan Yulia komt, kost het hem zijn leven.

Ik klim op het bed, plaats mijn knieën aan weerszijden van haar lichaam en zet mijn handen naast haar hoofd. Ik ben vastbesloten mijn zelfbeheersing te behouden – dus blijf ik op handen en knieën zitten en raak haar verder niet aan. Haar borst rijst en daalt bij iedere oppervlakkige ademteug. Ik zie gewoon dat ze nerveus is.

Nerveus en opgewonden, als ik haar stijve tepels en blozende huid mag geloven.

'Je bent zo mooi,' prevel ik, terwijl ik me over een van die gevoelige tepels buig. Hoewel ze niet beweegt, voel ik de spanning in haar lichaam als ik mijn mond om haar roze tepelhof sluit. Bij die aanraking trekt haar tepel nog verder samen. Ik begin er zachtjes aan te zuigen. Haar handen ballen zich tot vuisten als ze naar adem snakt. Haar ogen zakken dicht en ze kromt haar rug.

'Ontzettend mooi,' fluister ik terwijl ik mijn aandacht op haar andere tepel richt. Haar tepels smaken net als zij, naar warme vrouwenhuid en perziken. Na erop gezogen te hebben, blaas ik er zacht op. Mijn beloning is een korte kreun.

Dan ga ik door met de rest van haar borsten, knabbelend en zuigend – haar met alleen mijn mond aanrakend. Haar lichaam is een sensueel feestmaal. Elke ronding, kromming en holte is zijdezacht en haar geur is betoverend. Hoewel het bloed door mijn aderen raast, neem ik de tijd voor de onderkant van haar borsten, haar ribbenkast, haar navel... En dan lager, over haar spleetje glijdend voor ik mijn tong tussen haar zachte plooien steek.

Ze verstijft en schreeuwt het uit. Haar nagels prikken in mijn hoofdhuid als ze me vastklampt. Langzaam verhoog ik met mijn tong de druk op haar klit. Ik kan haar opwinding proeven, zo nat is ze, en haar unieke, vrouwelijke geur lijkt al het bloed in mijn lichaam naar mijn erectie te sturen. Mijn ballen trekken samen en mijn armen beven van de inspanning die het me kost om haar niet gewoon te grijpen en te nemen, zoals ik al wil doen sinds we gestoord werden in de keuken.

'Lucas.' Ze hijgt mijn naam, kronkelend onder me. Haar heupen komen in een geluidloze smeekbede omhoog; haar nagels krassen door mijn haar. 'O, mijn God, Lucas...'

Meedogenloos duw ik mijn eigen verlangen opzij om me op haar te concentreren. Met mijn mond houd ik haar op het randje, zonder haar te laten komen. Ik lik iedere centimeter van haar kutje, om vervolgens aan haar schaamlippen te zuigen, wat haar klit nog verder stimuleert. Ze kreunt nog harder. Haar nagels schrapen over mijn hoofdhuid en ik grijp de lakens vast om haar maar niet aan te raken. Ik wil haar eerst genot bezorgen, haar laten voelen welke begeerte mij in zijn greep houdt als ik bij haar in de buurt ben.

'Lucas.' Haar hielen boren zich naast me in de matras; haar hele lichaam trilt. Ze is zo dichtbij... Ik laat een hand tussen haar dijen glijden en duw twee vingers in haar; tegelijkertijd zuig ik hard aan haar klit.

Haar gewelfde rug en hese schreeuw zijn de eerste tekenen van haar orgasme, dat haar kutje om me heen laat samentrekken. Ik wacht tot de ergste schokken wegtrekken en beweeg me dan over haar lichaam heen omhoog. Leunend op mijn ellebogen duw ik met mijn knieën haar benen uiteen en duw mijn penis tegen haar opening.

'Yulia.' Ik wacht tot ze haar ogen opent, haar blik verdwaasd en nietsziend; dan geef ik toe aan mijn eigen, allesverterende verlangen en stoot in één keer diep in haar. Haar handen vliegen naar mijn heupen als ze naar adem snakt en ik ben verloren. Een hersenloze lust daalt over me neer en ik begin haar hard en snel te neuken.

Ergens merk ik wel dat ze haar benen om me heen slaat en me bij elke stoot tegemoet komt, maar ik ben te ver heen om rustig aan te doen. Ze is nat, zacht en strak; haar binnenste spieren omklemmen mijn penis en de opwinding die zich in mijn binnenste opbouwt, is als een onbeheersbare vulkaan. Hij groeit en zwelt aan tot mijn hartslag in mijn oren ruist – en dan slaat de vloedgolf van een hevig, overweldigend orgasme over me heen. Ik grijp haar stevig vast. Kreunend spuit ik mijn zaad in haar.

Tot mijn verrassing schreeuwt ook zij het uit als haar lichaam zich in haar tweede orgasme samentrekt. Mijn penis schokt nog eenmaal; dan zak ik naast haar neer en trek haar op me.

Mijn hoofd is volkomen leeg, op één gedachte na.

Ik laat haar nooit meer gaan.

ulia

'Je hebt me weer zonder condoom genomen,' zeg ik als ik een beetje op adem ben gekomen. Ik lig met mijn hoofd op Lucas' schouder en wacht tot mijn bonzende hart weer een beetje tot bedaren is gekomen.

Het gegrinnik van mijn cipier klinkt als een mannelijk gerommel in zijn borst. 'O, ja. Ik was je talloze ziektes vergeten. Dan ben je vast blij te horen dat Goldberg me de resultaten heeft doorgestuurd. Je hebt alleen platjes.'

'Wat?' Vol afschuw schiet ik overeind, maar hij komt bulderend en al naast me zitten.

'Eikel.' Woedend pak ik een kussen. Als ik hem er

een mep mee geef, wens ik dat er een baksteen in zat. 'Dat is niet grappig.'

Lucas lacht nog harder, pakt me vast en duwt me weer tegen de matras. Met zijn gewicht houdt hij me op mijn plek. Ergerlijk genoeg kost het hem nauwelijks moeite mijn polsen boven mijn hoofd te pinnen en mijn benen met zijn sterke dijen op hun plek te houden. 'Eigenlijk,' zegt hij grijnzend, 'vond ik het hilarisch.'

'O, is dat zo?' Ik kan Lucas niet afwerpen, dus gebruik ik het enige wapen dat ik nog heb. Ik laat mijn tanden in de spier tussen zijn schouder en hals zakken.

'Au! Wild dier.' Hij neemt mijn polsen in zijn linkerhand en zet zijn rechtervuist in mijn haar, zodat mijn hoofd tegen de matras wordt getrokken. Het is echt heel irritant dat hij nog steeds grijnst en dat de rode pek die mijn tanden op zijn huid hebben gemarkeerd, hem totaal niet lijkt te deren. 'Dat had je niet moeten doen.'

'O?' Ondanks mijn hulpeloze positie heb ik geen last van flashbacks, dus kan ik me op mijn woede concentreren. 'Waarom niet?'

'Omdat...' – hij brengt zijn mond naar mijn oor – 'ik je daardoor weer wil.' Hij kijkt me aan en duwt tegelijkertijd zijn harder wordende penis tegen mijn dij. Zijn bedoeling is overduidelijk.

Ongelovig staar ik hem aan. Zijn winterse blik bevat een inmiddels bekende hitte. 'Meen je dat nou? Nog een keer?'

'Ja, schoonheid.' Zijn mond vormt zich tot een

duistere zinnelijke glimlach als hij met een knie mijn benen uiteen duwt. 'Telkens weer.'

Pas ruim een uur later kan ik naar de badkamer vluchten om mijn verwarde gedachten op een rijtje te zetten. Mijn lichaam is verzuurd en pijnlijk als gevolg van mijn vele orgasmen en mijn dijen zijn bevlekt met zaad. Na het hoognodige gedaan te hebben, zet ik de douche aan.

Voor ik eronder kan stappen, gaat de deur open en stapt Lucas binnen, nog altijd volledig naakt. 'Goed idee,' zegt hij met een blik op het stromende water. 'Laten we gaan douchen.'

Met open mond staar ik mijn onverzadigbare cipier aan. 'Dat kun je echt niet menen.'

Zijn grijns toont zijn witte tanden. 'Dan kan ik wel, maar dat gaan we niet doen. Ik weet dat je even een pauze nodig hebt. Kom hier, schatje.' Hij trekt me aan mijn arm onder de douche. 'Het is maar een douche. Beloofd.'

En hij houdt zich aan zijn woord; zijn grote handen zepen me in zonder bij mijn borsten en vagina te blijven hangen. Toch word ik me bewust van een traag, warm bonzen tussen mijn benen als hij me daar zorgvuldig wast. Zijn vingers glijden van mijn schaamlippen naar de spleet tussen mijn billen. Geschokt pers ik mijn billen tegen elkaar als hij met zijn vinger tegen die opening duwt. Hij lacht zacht en laat me los als ik hem een duw geef.

'Prima, ik kan wel wachten,' zegt hij goedmoedig. Ik draai me om. Mijn maag draait zich om bij de gedachte dat het alleen een kwestie van tijd is voor hij me ook daar gaat nemen, wat ik daar ook van vindt.

Gelukkig wast Lucas zichzelf kort en stapt dan uit de douchecabine. 'Kom er maar uit als je klaar bent,' zegt hij tijdens het afdrogen. Dan loopt hij weg en blijf ik alleen onder douche achter.

Uitgeput laat ik me tegen de muur zakken. Het water klettert op mijn borst. Mijn tepels zijn pijnlijk gevoelig, net als mijn kutje. Vroeger, voor ik Lucas kende, had ik niet kunnen bedenken dat genot zo uitputtend kon zijn, dat het me zou verteren, zowel fysiek als mentaal. Ik kan hem niet weerstaan en dat heeft niets te maken met het feit dat hij mijn cipier is.

Zelfs als ik een vrije vrouw was, zou ik hem niets kunnen ontzeggen.

Bescherming in ruil voor seks. De woorden malen door mijn hoofd; ze vervullen me met een verwarrende mengeling van woede en verlangen. Zou het kunnen dat hij het meende? Heeft hij me echt de halve wereld over laten vliegen om als zijn seksspeeltje te dienen?

Het lijkt absurd – maar ik voel dat zijn passie voor mij heel sterk is. Op dit moment doet mijn lichaam er pijn van. Zou Lucas dat echt doen? Zou hij het verleden laten rusten en me gewoon hier houden als ik hem over mijn organisatie zou vertellen? Toen ik eerder overwoog een band met hem te creëren, hoopte ik daarmee tijd te winnen, zodat ik niet mishandeld zou worden en een ontsnappingspoging zou kunnen wagen voor ik vermoord word. Maar als wat hij zegt waar is, kan mijn niet–zo–vreselijke gevangenschap eeuwigdurend worden – of in elk geval tot Esguerra mijn hoofd op een dienblad eist.

Wat Lucas ook gezegd moge hebben over dat hij hem iets verschuldigd is, ik geloof niet dat zijn baas me zal sparen. Een keer zal Esguerra zijn deel op willen eisen, en dan ga ik eraan. Zelfs als Lucas me door een wonder zou kunnen beschermen, zal dat niet lang duren.

Hij zal me voor de leeuwen werpen als hij doorkrijgt dat ik hem niet de antwoorden ga geven die hij wil.

Ik duw me van de muur af, zet het water uit en stap uit de douche. Tijdens het afdrogen vraag ik me af of deze ontwikkelingen iets aan de gang van zaken veranderen. Het antwoord is nee.

Dit houdt alleen maar in dat ik ontzettend veel geluk heb.

Ik heb namelijk tijd om mijn ontsnapping te plannen.

ucas

ALS YULIA DE BADKAMER UITKOMT, REIK IK HAAR EEN schoon T-shirt aan. Dan neem ik haar mee naar de woonkamer. Mijn lichaam is door en door verzadigd, iets dat alleen goede seks met haar voor elkaar krijgt.

'Houd je van televisiekijken?' Intussen bind ik haar enkels aan de stoel vast. Ik kan me niet heugen wanneer ik me voor het laatst zo ontspannen en tevreden heb gevoeld. Binnenkort krijg ik de antwoorden die ik zoek en dan kan ik haar meer vrijheid geven.

Voorlopig kan ik in elk geval iets doen aan de verveling die ze waarschijnlijk ervaart.

'Televisie?' Yulia kijkt me verbluft aan. 'Zeker. Wie niet?'

'Heb je voorkeur ergens voor? Series? Films? Het nieuws?'

'Maakt eigenlijk niet uit.'

'Oké.' Als ik klaar ben met de touwen, draai ik de stoel naar de grote televisie aan de tegenoverliggende muur. 'Hoe vind je Modern Family? Die serie is luchtig en komisch. Ken je die?'

'Nee.' Ze kijkt me aan alsof ik voelsprieten heb ontwikkeld.

'Goed.' Ik onderdruk een grijns en zet de tv aan. In de opgeslagen bestanden selecteer ik het eerste seizoen van de serie. 'Ik moet nog wat werk afmaken voor het avondeten, maar zo verveel je je vast niet.'

'Prima,' zegt ze. Ze ziet er zo aandoenlijk verward uit dat ik me voorover buig en een kus op haar half geopende mond druk. Haar geschokte ademteug wordt gesmoord. De verrukkelijke warmte van haar mond wekt mijn penis, maar ik dwing mezelf achteruit te gaan voor ik me laat meeslepen.

Het is ongelofelijk, maar ik wil Yulia alweer.

Ik draai me om en haal diep adem om mezelf onder controle te houden. 'Tot snel,' zeg ik over mijn schouder. Dan loop ik het huis uit.

Hoe graag ik ook de hele dag mijn gevangene zou willen neuken, er moet ook gewerkt worden.

De eerstvolgende uren breng ik door in Esguerra's kantoor, bezig met de logistieke details van zijn bescherming in Chicago. Ik overleg zowel met hem als met de bewakers die met ons meegaan. Er is veel te organiseren. Nora's ouders hebben extra bescherming nodig tijdens en na ons bezoek, voor het geval enkele zakenpartners van Esguerra besluiten dat zijn schoonouders tegen hem gebruiken een goed idee is. Dat is te betwijfelen – iedereen weet wat er met Al-Quadar is gebeurd nadat ze dat met zijn vrouw probeerden – maar voorzichtigheid kan geen kwaad.

Sommige mensen zijn zo dom dat het ze hun leven kan kosten.

Als we bijna klaar zijn, komt Esguerra's vrouw binnen. Ze spert haar donkere ogen open als ze ons daar allemaal ziet zitten. 'Het spijt me. Ik wilde niet storen...'

'Wat is er, schatje?' Esguerra staat op en loopt op haar af. Zijn gezicht staat ineens bezorgd. 'Is alles in orde? Hoe voel je je?'

Nora kijkt beschaamd naar mij en de bewakers, voor ze zich op haar echtgenoot richt. 'Prima. Niets aan de hand,' zegt ze snel. 'Ik wilde je iets vragen, maar dat kan later ook.'

'Weet je het zeker?' Esguerra's stem klinkt mild, zoals vaak als hij tegen zijn kleine vrouw spreekt. 'Ik kan wel even...'

'Nee, dat hoeft echt niet. Het is totaal niet belangrijk.' Ze gaat op haar tenen staan en drukt een kus op zijn een wang. 'Ik ga naar het zwembad. Kom je daarheen als je klaar bent?'

'Oké.' Esguerra staart haar met een frons op zijn gezicht na als Nora naar buiten loopt. Ik kan aan hem zien dat hij haar het liefst zou volgen, maar dat hij tegelijkertijd niet nog obessesiever wil overkomen dan we al weten dat hij is. Als hij een ander was, zou hij nog wekenlang geplaagd worden door de bewakers. Maar nu kijken we allemaal uitdrukkingsloos voor ons uit als onze baas weer naar de tafel loopt.

De laatste details van de logistiek rondom de veiligheid afronden kost weinig tijd. Zodra we klaar zijn, keren de bewakers terug naar hun taken voor vandaag. Esguerra gaat naar zijn vrouw, waardoor ik alleen in het kantoor achterblijf om nog wat e–mails af te ronden. Ik besluit van de gelegenheid gebruik te maken om een videogesprek met onze leverancier in Hong Kong aan te voeren – ik wil ook van die zenderimplantaten voor Yulia. Tot mijn teleurstelling laat de oude man me weten dat hij ze me pas over twee weken kan sturen, precies als we in Chicago zijn.

'Kan het echt niet sneller?' Ik vind het idee dat Yulia zolang onbeveiligd rondloopt maar niks, maar de man schudt zijn hoofd.

'Ik ben bang van niet. Meneer Esguerra had een prototype. Degenen die u wilt, moeten opnieuw gemaakt worden. Het omhulsel bestaat uit zeer specialistisch materiaal, dus is het een op maat gemaakte bestelling...'

'Geen probleem. Ik begrijp het.' Ik zal gewoon een

paar betrouwbare mannen ter bewaking aan mijn gevangene moeten toewijzen voor de periode dat ik weg ben. 'Dank u voor uw tijd, meneer Chen.'

Ik sluit het videogesprek af, sta op en loop Esguerra's kantoor uit.

Ik heb vandaag nog iets anders af te handelen.

ANA, EEN VROUW VAN MIDDELBARE LEEFTIJD EN Esguerra's huishoudster, doet de deur voor me open.

'Hallo, Señor Kent,' zegt ze met haar lichte accent. 'Bent u op zoek naar Señor Esguerra? Hij is boven gaan douchen.'

'Nee, hem zoek ik niet.' Ik glimlach naar de oudere vrouw. 'Mag ik binnenkomen?'

'Natuurlijk.' Ze stapt achteruit zodat ik de ruime, luxe hal in kan lopen. 'Nora is bij het zwembad. Wilt u haar spreken?'

'Nee, ook niet.' Ik kijk even rond voor ik mijn aandacht weer op de huishoudster richt. 'Is Rosa aanwezig? Ik wil haar iets vragen.'

'O.' Ana lijkt verrast, maar ze herstelt zich snel. 'Ze is in de keuken om me te helpen met de voorbereidingen voor het diner. Deze kant op.' Ze gaat me voor door een dubbele deur en langs een grote, gekromde trap.

In de keuken word ik begroet door de verrukkelijke geur van geroosterde knoflook. Rosa staat met haar rug naar de deur naast een glanzende spoelbak groenten te snijden.

'Rosa,' roept Ana naar het meisje. 'Je hebt bezoek.'

Het dienstmeisje draait om. Haar bruine ogen worden groot en een blos kruipt over haar gezicht. 'Lucas.'

'Hallo, Rosa,' zeg ik op neutrale toon. 'Heb je even?'

Ze knikt en veegt haar handen snel af aan een handdoek. 'Ja, natuurlijk.' Ze glimlacht opgewekt. 'Wat kan ik voor je doen?'

Ik kijk naar de huishoudster, maar Ana is al weg. Blijkbaar begreep ze dat ik privacy wilde.

'Bedankt voor de soep,' zeg ik om vriendelijk te beginnen. 'Hij was heerlijk.'

'Mooi.' Haar glimlach verdiept zich. 'Ik ben blij dat je hem lekker vond. Het recept is van mijn moeder.'

'Wacht.' Ik frons. 'Jij hebt die soep gemaakt, niet Ana?'

Rosa wordt knalrood. 'Dat klopt. Sorry dat ik het niet eerder zei. Ik wilde...'

'Rosa,' onderbreek ik haar met een handgebaar. Ik wil het meisje niet onnodig in verlegenheid brengen. 'Dank je wel. De soep was heerlijk, maar je hoeft hem niet nogmaals voor me te maken. Ook niets anders, goed?'

Ze kijkt me aan alsof ik haar in het gezicht heb geslagen. 'Natuurlijk,' stamelt ze. 'Het spijt me, ik...'

'En ik wil dat je uit de buurt van mijn huis blijft,' ga ik verder, de tranen in haar ogen negerend. Ik kom liever een tiental terroristen onder ogen dan dat ik dit doe, maar ik moet mijn punt duidelijk maken. 'Het is niet veilig. Mijn gevangene is gevaarlijk.'

'Ik wilde...'

Het voelt alsof ik een kind heb afgesnauwd. 'Kijk, je bent een mooi en lief meisje, maar je bent veel te jong voor me. Hoe oud ben je? Achttien, negentien?'

Rosa heft haar kin. 'Eenentwintig.'

'Juist.' Ze is maar een jaar jonger dan Yulia! Toch heb ik de Oekraïense spionne nooit als te jong beschouwd. Desondanks ga ik zonder aarzelen verder. 'Ik ben vierendertig. Zoek iemand die meer van jouw leeftijd is. Een aardige vent, die je op waarde schat.'

'Natuurlijk.' Tot mijn verrassing herpakt het dienstmesje zich verrassend snel en goed. Haar tranen drogen op en de glimlach die ze me schenkt, is kalm, ook al zijn haar wangen nog altijd rood. 'Maak je geen zorgen, Lucas. Ik zal je niet meer lastigvallen.'

Ik frons, onzeker of ik haar op haar woord kan geloven. Maar voor ik iets kan zeggen, heeft ze zich weer omgedraaid en gaat ze verder met groenten snijden.

II

HET BREKEN

*ulia*

DE DAAROPVOLGENDE WEEK ONTWIKKELEN LUCAS EN IK EEN ONGEMAKKELIJKE ROUTINE. Hij heeft zo vaak hij maar kan seks met me – op zijn minst een paar keer 's nachts en een keer overdag – en we eten al onze maaltijden samen in de keuken. De rest van de tijd kijk ik vastgebonden aan de stoel naar de televisie of slaap ik gehandboeid naast hem.

'Zou ik misschien ook iets mogen lezen?' vraag ik na twee dagen continu televisie te hebben gekeken. 'Ik hou van boeken en ik mis het om te lezen.'

'Wat voor soort boeken?' Lucas lijkt vreemd genoeg daadwerkelijk geïnteresseerd.

'Alles,' antwoord ik eerlijk. 'Romantiek, thrillers,

sciencefiction, non-fictie. Ik ben niet kieskeurig – ik hou gewoon van het gevoel van een boek in mijn handen.'

'Goed,' geeft hij toe. De volgende dag neemt hij me mee naar een kleine kamer naast de slaapkamer. Net als de rest van zijn huis is de ruimte spaarzaam ingericht. Toch is het er veel gezelliger. Er staat een bureau, drie hoge boekenkasten vol boeken en een dik beklede leunstoel naast een erker met uitzicht op het bos.

'Is dit jouw bibliotheek?' vraag ik verrast. Ik nam tot dusver aan dat mijn cipier een soldaat was, iemand die zich liever met wapens omringt dan met boeken. Het is makkelijker voor te stellen dat Lucas een machete hanteert dan dat hij vredig in deze kamer zit te lezen.

'Natuurlijk is hij van mij.' Tegen de deurpost geleund kijkt hij me geamuseerd aan. 'Van wie anders?'

'En heb je ze allemaal gelezen?' Ik loop naar de boekenkasten en bestudeer de titels. Er staan honderden boeken, veel mysteries en thrillers. Ik zie ook wat biografieën en non-fictiewerken, die variëren van populaire wetenschap tot economisch.

'De meesten wel,' antwoordt Lucas. 'Ik bestel er meestal meer tegelijk, zodat ik altijd iets nieuws te lezen heb wanneer ik de tijd heb.'

'Ik snap het.' Waarom verrast deze kant van hem me zo? Ik heb altijd vermoed dat Lucas heel intelligent is, maar op de een of andere manier ben ik toch uitgegaan van het stereotype harde huurling, een man wiens leven om wapens en geweld draait. Het feit dat hij meteen na de middelbare school bij de marine ging, bevestigde dat idee.

Ik heb mijn tegenstander onderschat en ik moet ervoor waken om dat niet nogmaals te doen.

Ik loop naar de erker en kijk hem aan. 'Hoe ben je aan al die boeken gekomen?' vraag ik. 'Ik dacht dat je een paar jaar op de vlucht was nadat je de marine verliet.'

Lucas' blik verhardt even, maar dan knikt hij. 'Ja, dat klopt. Ik vergeet steeds hoeveel je over me weet.' Hij komt voor me staan. 'De meeste boeken heb ik in het afgelopen jaar gekocht, toen Esguerra besloot dat dit landgoed onze vaste basis zou worden. Daarvoor reisden we de hele wereld over, dus had ik een stel favorieten in opslag. En daarvoor had ik niet zoveel bezittingen, dat was makkelijker met reizen.'

'Maar dat wil je nu niet meer,' gok ik, hem nauwlettend opnemend. 'Je wilt dingen bezitten, een thuis hebben.'

Hij staart me aan en barst dan in lachen uit. 'Misschien is dat het. Ik heb er nooit zo over nagedacht, maar ja, ik denk dat ik het een beetje beu was nooit twee keer in hetzelfde bed te slapen. En dingen bezitten?' Zijn stem wordt dieper terwijl zijn blik over me dwaalt. 'Ja, daar zit wel iets in. Ik vind het leuk *dingen* te hebben die helemaal van mij zijn.'

Met gloeiende wangen kijk ik door het erkerraam naar buiten, alsof ik geïnteresseerd ben in het uitzicht. Ik had al gemerkt dat Lucas nogal bezitterig is. Ik weet dat mijn cipier gelooft dat hij mij bezit. En in de praktijk doet hij dat ook. Hij bepaalt elk aspect van mijn leven: wat ik eet, wanneer ik slaap, wat ik draag en zelfs wanneer ik naar de wc ga. Wanneer ik niet vastgebonden ben, ben ik bij hem en een groot deel van die tijd bevinden we ons in bed, waar hij met me doet wat hij maar wil.

Als ik hem niet zo intens wilde als hij mij wil, zou dit een hel zijn.

'Yulia...' Lucas' stem heeft een vertrouwde hete klank en hij komt achter me staan. Zijn grote hand schuift mijn haren naar één kant om mijn nek bloot te leggen. Hij buigt zich over me heen en kust de onderkant van mijn oor. Zijn vrije hand glijdt onder het overhemd, dat als een jurk om me heen valt. Hij vindt de warme plek tussen mijn benen en ik kan een kreun niet onderdrukken als hij twee vingers bij me naar binnen duwt en me vanbinnen uitrekt.

Daarna neukt Lucas me een uur lang gebogen over de armleuning van de stoel. De boeken zijn voorlopig vergeten.

Na ons bezoek aan de bibliotheek verbeteren de kwaliteit en variatie van mijn vermaak. In plaats van de hele dag tv te kijken, mag ik nu een deel van de tijd bij het erkerraam zitten lezen. Ik krijg ook het voorrecht van een comfortabelere zitplaats en mijn handen worden vóór me geboeid – op die manier kan ik tenminste een boek vasthouden en lezen. Elke ochtend na het ontbijt bindt Lucas me met touwen vast aan de fauteuil, mijn handen zo geboeid dat ik net de pagina's kan omslaan. Zo lees ik tot hij rond de lunch terugkomt, waarna ik mag eten en daarna zelfs de gelegenheid krijg mijn benen even te strekken.

'Weet je, ik ben geen hond die op commando kan plassen,' durf ik op een dag te klagen. 'Wat als ik nodig moet terwijl je weg bent?'

Tot mijn opluchting wijst hij me er niet op hoe verwend ik ben geworden. In plaats daarvan geeft hij me later die dag een klein apparaatje, dat lijkt op een ouderwetse pager.

'Als je op deze knop drukt, krijg ik een bericht,' legt hij uit. 'Dan kom ik naar je toe, als ik kan. Of ik stuur iemand anders om je te helpen.'

'Dank je,' zeg ik oprecht dankbaar. Een sprankje hoop bloeit in me op.

Misschien zal hij me op een dag echt laten gaan, of zal ik voldoende vrijheid krijgen om te ontsnappen.

Maar ik ben me er bewust van dat ik daar niet op mag rekenen. Elke dag, tijdens het eten, ondervraagt Lucas me een deel van de tijd en hoewel ik hem tot nu toe heb kunnen afhouden, ben ik bang dat hij uiteindelijk zijn geduld verliest en zijn toevlucht zal nemen tot doeltreffendere methoden voor het verkrijgen van informatie.

We draaien nog niet zo lang in dit kringetje rond, maar ik merk al dat hij steeds gefrustreerder raakt.

'Je bent ze niets verschuldigd,' zegt hij woedend wanneer ik voor de vijfde keer weiger zijn vragen over de organisatie te beantwoorden. 'Ze hebben je meegenomen toen je verdomme nog een kind was. Wat voor monsters sturen een zestienjarige naar een corrupte stad als Moskou met de opdracht op haar rug zoveel mogelijk regeringsgeheimen te weten te komen? Verdomme, Yulia' – hij slaat met zijn hand op tafel – 'hoe kun je trouw blijven aan die klootzakken?'

Dat is inderdaad de vraag. Ik wil tegen hem schreeuwen dat hij er niets van begrijpt, maar ik zwijg en staar naar mijn bord. Alles wat ik vertel, zal Misha aan gevaar blootstellen en zijn leven ruïneren. Ik ben niet trouw aan Obenko, de organisatie, of zelfs aan Oekraïne.

Ik ben trouw aan mijn broertje, de enige familie die ik nog heb.

Tot mijn opluchting ziet Lucas mijn weerstand door de vingers en verandert van onderwerp. Uitgebreid nemen we de postapocalyptische thriller door die ik die dag gelezen heb, zoals we vaak met boeken en films doen. We blijken het erover eens te zijn dat de auteur goed heeft uitgelegd waarom de wetenschappers niet konden verhinderen dat machines de wereld overnamen. Het is een gezellige afronding van de maaltijd, maar tegelijkertijd ben ik nu nog vastbeslotener om te ontsnappen.

Uiteindelijk zal Lucas mijn zwijgen beu zijn, en ik wil er niet bij zijn als dat gebeurt.

 *ulia*

ALS IK MET HET PLANNEN VAN MIJN ONTSNAPPING BEGIN, realiseer ik me dat ik drie obstakels te overwinnen heb: het feit dat ik vastgebonden ben als Lucas weg is, de militaire beveiliging van het landgoed en Lucas zelf. Ieder van deze drie zou mijn ontsnapping al kunnen beletten, maar samen maken ze ontsnappen zo goed als onmogelijk.

Op het eerste gezicht zou het niet moeilijk moeten zijn. Als Lucas thuis is, mag ik meestal vrij rondlopen. Ik mag aan tafel eten en kan wat rek- en strekoefeningen doen om fit te blijven. Hij houdt me echter constant in de gaten en ik weet dat ik fysiek niet van hem kan winnen. Zelfs als ik erin zou slagen een mes te grijpen, zou hij het weten af te pakken voordat ik hem ernstig kan verwonden. Een pistool zou een andere zaak zijn, maar ik heb in huis niets dodelijkers gezien dan een keukenmes. Ik weet dat Lucas meestal wapens draagt – die eerste dag zag ik hem met een geweer – maar hij bewaart ze waarschijnlijk in de auto of ergens anders buiten.

Hoe tegenstrijdig ook, mijn kans om te ontsnappen is hoger als hij niet in de buurt is.

Daarom test ik iedere keer dat Lucas me vastbindt het touw om te zien of hij er wat speling in heeft gelaten, maar elke keer kom ik tot de conclusie dat het muurvast zit. De boeien zijn altijd precies strak genoeg om me gevangen te houden zonder mijn circulatie af te snijden. Ik wil geen verraderlijke striemen op mijn huid maken, dus sjor ik niet te hard aan de touwen. Als het me al zou lukken los te komen, moet ik nog ongezien langs de wachttorens komen en door de jungle heen trekken, waar Esguerra's mannen en hightech drones patrouilleren – mits Lucas me niet te pakken krijgt voor ik daar ben.

Om überhaupt kans te maken, moet mijn cipier ver weg zijn. Ook moet ik me het patrouilleschema in mijn hoofd prenten.

Om te beginnen probeer ik Lucas dat laatste te ontfutselen als we na een lange vrijpartij ontspannen en tevreden in bed liggen.

'Hoe is dit gebeurd?' vraag ik terwijl ik mijn vingers over een blauwe plek op zijn ribbenkast laat dwalen. 'Het landgoed is toch niet aangevallen?'

Mijn ongerustheid is maar gedeeltelijk gespeeld; het idee dat Lucas op de een of andere manier gewond raakt, bevalt me niets. Hij lijkt onkwetsbaar, een en al spiermassa, maar ik weet dat die hem niet zal redden van een bom of een pistool. In zijn branche ligt de levensverwachting niet zo hoog. Maar daar wil ik niet te veel aan denken.

'Nee, niemand zou het landgoed aanvallen,' zegt Lucas met een glimlach op zijn lippen. 'Die blauwe plek heb ik opgelopen tijdens een training.'

'Ik begrijp het.' Gedreven door een irrationele impuls geef ik een kleine kus op de plek en kijk dan op. 'Waarom wil niemand het landgoed aanvallen? Je baas heeft toch een hoop vijanden?'

'O, dat wel.' Lucas' ogen worden donkerder als hij zijn hand in mijn haar laat glijden en me omlaag naar zijn buik leidt. 'Maar het zou zelfmoord zijn om dit landgoed aan te vallen. We nemen het nogal nauw met de beveiliging hier. Maar nu' – hij duwt mijn hoofd naar zijn groeiende erectie – 'wil ik iets anders dat nauw is.'

Ik verberg mijn teleurstelling, sluit mijn lippen rond zijn penis en begin stevig te zuigen, precies zoals hij het het lekkerst vindt.

Lucas is te slim om informatie over de beveiliging los te laten, wat betekent dat ik een andere manier zal moeten verzinnen.

∽

ALS DE DAGEN ZICH VOORTSLEPEN ZONDER DAT IK DICHTER BIJ EEN REALISTISCH ONTSNAPPINGSPLAN KOM, troost ik mezelf met het feit dat ik herstel van mijn beproeving in de Russische gevangenis en mijn krachten weer opbouw. Omdat ik bijna de hele dag stilzit en alles opeet wat Lucas me voorzet – hoe saai ook – kom ik gestaag aan. Mijn lichaam krijgt zijn vrouwelijke vormen terug, die ik verloren was toen ze me uithongerden in de Russische gevangenis. Tegen de tijd dat ik negen dagen bij Lucas ben, zie ik er niet meer uit als een skelet – en snak ik naar iets anders dan boterhammen en ontbijtgranen.

'Weet je, je moet me echt laten koken,' zeg ik als we wéér boterhammen als lunch eten. 'Ik kan van alles maken: omelet, soep, kip, lam, aardappelpuree, salade, rijst, toetjes. Alles wat je maar wilt. Als je me niet met een mes vertrouwt, kun je me helpen door alles te snijden. Dan zal ik de kruiden en dergelijke wel toevoegen. Dat is volkomen veilig voor je – tenzij je rattengif in je keuken bewaart.'

Hij lacht wel, maar ik verwacht dat hij mijn aanbod zal negeren. Tot mijn verrassing echter komt hij die middag met meerdere kratten vol boodschappen aanzetten: allerlei groenten en fruit, twee soorten verse vis, een paar hele kippen, een dozijn lamskarbonades en een heel scala aan kruiden en specerijen.

'Waar komt dit allemaal vandaan?' vraag ik terwijl ik de schat vol verbazing opneem. Er zit genoeg in de kratten om wel vijf personen te voeden, als je tenminste weet hoe je het klaar moet maken.

'Esguerra krijgt een wekelijkse levering, dus heb ik wat voor ons meegenomen,' zegt Lucas. 'Het lijkt me tijd je kookkunsten uit te testen.'

Ik kan mijn verbaasde vreugde niet verbergen. 'Mag ik koken?'

'Je mag me vertellen wat ik moet doen,' grijnst hij. 'Jij gaat daar zitten' – hij wijst naar de keukentafel – 'en vertelt me precies wat ik moet doen. Ik volg je bevelen op en wie weet leer ik er nog iets van.'

'Oké,' stem ik in, enthousiast bij het vooruitzicht dat Lucas mijn bevelen zal moeten opvolgen. 'Dat lukt wel. Laten we eerst alles op zijn plek zetten. Vanavond maken we lamskoteletten met knoflook–dille aardappelen en een groene salade.'

ucas

Terwijl ik onder Yulia's begeleiding aardappelen schil en knoflook hak, luiert zij op de keukenstoel, haar blauwe ogen stralend van pret.

'Weet je dat het mogelijk is om aardappelen te schillen zonder de helft eraf te snijden?' grijnst ze met een blik op de hoop misvormde aardappelen op het aanrecht. 'Heb je dit echt nog nooit eerder gedaan?'

'Nee,' zeg ik, terwijl ik mijn best doe niet te diep in mijn huidige pieper te snijden. Het is moeilijker dan het lijkt. 'En nu weet ik waarom.'

'Lieten ze je geen aardappels schillen bij de marine?'

'Nee, dat hoeft tegenwoordig niet meer. Wij hadden externe cateraars die voor de kantine zorgden.'

'Aha. Nou, je hebt eigenlijk een dunschiller nodig,' zegt ze terwijl ze haar lange benen over elkaar slaat. 'Zoals bij alles helpt het als je goed gereedschap hebt.'

'Een dunschiller. Oké.' Ik bedenk dat ik die zal bestellen en doe mijn best om me niet te laten afleiden door die prachtige blote benen. Vier dagen geleden heb ik Yulia eindelijk wat eigen kleren gegeven, maar het zijn allemaal zomerse niemendalletjes. Misschien was dat toch niet zo handig.

In een wit naveltruitje en strakke hotpants van spijkerstof zijn Yulia's hernieuwde vrouwelijke vormen onmogelijk te negeren.

'Oké, dat lijken me genoeg aardappels,' zegt ze terwijl ze opstaat. Haar teenslippers – de enige schoenen ik haar heb gegeven – klepperen op de tegelvloer als ze naar me toe loopt. 'Nu mengen we de knoflook met dille, zout en peper en doen alles in een koekenpan. Je hebt toch olie?'

'Olie. Klopt.' Ik pak een fles olijfolie uit een kastje aan mijn linkerkant. 'Zal ik het over de aardappelen gieten?'

Ze leunt met haar heup tegen de rand van het aanrecht. 'Je maakt hopelijk toch een grapje?'

Ik kan de grap niet waarderen.

Ze barst in lachen uit. 'Lucas, serieus. Heb je nog nooit in je leven iets gebakken?'

'Niets dat daarna eetbaar was,' geef ik met tegenzin toe. 'Ik heb het een paar keer geprobeerd en daarna heb ik het maar opgegeven.'

'Oké.' Yulia slaagt erin lang genoeg te stoppen met

lachen om me uit te leggen: 'Je giet de olie in de *koekenpan*. Nee, niet zo veel…' Ze pakt de fles van me af voordat ik bijna een kwart van de inhoud in de pan giet. Schaterend pakt ze een keukenpapiertje en dept de overtollige olie op. 'We gaan die arme aardappelen niet frituren,' legt ze uit als ze weer kan praten.

'Goed,' zeg ik, terwijl ze de aardappels en de knoflook in de geoliede pan legt. Haar bewegingen zijn snel en zeker; haar slanke handen bewegen zich sierlijk en tegelijkertijd vastbesloten.

Ze loog niet toen ze zei dat ze kan koken.

'Ik zou willen dat we verse dille hadden,' zegt ze, een van de potjes uit het kruidenrek grijpend. 'Maar ik denk dat gedroogde ook zal werken. Als je dit gerecht lekker vindt, denk je dat je dan volgende keer wat verse kruiden kan meenemen?'

'Natuurlijk.' *Verse kruiden.* Dat zal ik ook onthouden. 'Ik kan alles krijgen.'

'Geweldig. Nou, als je het niet erg vindt, ga ik dit zelf even op smaak brengen. De aardappelen zullen niet lekker zijn als je het halve zoutvaatje erin gooit.' Ze ziet eruit alsof ze weer gaat lachen.

'Ga je gang,' zeg ik, terwijl ik het aardappelschilmesje achter me weg leg. 'Deze puinhoop is helemaal voor jou.'

Het volgende halfuur kijk ik toe, terwijl Yulia zachtjes neuriënd door de keuken dartelt. Ze bakt de aardappelen, legt de lamskarbonades in een soort marinade en wast de groente voor de salade. Opgewonden energie straalt van haar af en ik realiseer me voor de eerste keer hoe weinig ik deze kant van haar heb gezien, hoe ingetogen ze in mijn aanwezigheid meestal is.

Dat is niet verwonderlijk, natuurlijk. Hoewel ik haar geen pijn gedaan heb, is ze mijn gevangene en ik weet dat ze me nog steeds niet vertrouwt. Het maakt niet uit hoe vaak ik op antwoorden aandring, ze verandert van onderwerp of weigert te reageren. Het frustreert me, maar ik moet geduldig blijven.

Zodra Yulia beseft dat ik echt niet van plan ben haar kwaad te doen, ziet ze hopelijk het licht en zal ze de mensen verraden die haar leven verwoestten. Op dit moment kan ik haar alleen maar – redelijk comfortabel – gevangen houden, totdat de zenders die ik besteld heb arriveren.

'Het eten is klaar,' zegt ze als de oven piept. Vrolijk glimlachend buigt ze zich voorover om de lamskarbonades uit de oven te pakken. Mijn penis richt zich bij de aanblik van haar achterwerk in het korte broekje meteen op.

Als de lamskarbonades niet zo lekker roken, zou ik Yulia meteen naar bed gesleurd hebben.

Maar nu neem ik een paar diepe ademteugen om mezelf onder controle te krijgen, terwijl zij de schotel naar de tafel draagt. Dit is belachelijk. Ik heb altijd al een groot libido gehad, maar bij Yulia ben ik als een geile puber die voor het eerst porno ontdekt. Ik wil haar de hele tijd neuken en het maakt niet uit hoe vaak ik haar neem, mijn verlangen naar haar neemt niet af.

Het lijkt eerder sterker te worden.

Het duurt langer dan een paar keer diep ademhalen voor mijn erectie genoeg afgenomen is om haar de tafel te helpen dekken. Tegen die tijd heeft Yulia de salade mooi in een kom geschikt en staat de koekenpan met aardappelen op een keurig opgevouwen theedoek in het midden van de tafel. Ik neem aan dat ze dat heeft gedaan om te voorkomen dat de hete pan de tafel beschadigt – een slimme oplossing die mijn ouders' huishoudster ook gebruikte.

Dan gaan we allebei aan tafel zitten.

'Yulia, dit is geweldig,' zeg ik nadat ik in minder dan een minuut de helft van mijn bord heb leeggegeten. 'Dit is het lekkerste dat ik sinds lange, lange tijd heb gegeten.'

Ze schenkt me een tevreden glimlach en pakt haar lamskarbonade. 'Ik ben blij dat je het lekker vindt.'

'Lekker? Ik vind het overheerlijk.' Ik kan me niet herinneren dat ik ooit eerder zo'n bevredigende maaltijd heb gehad. De hartige aardappelen passen perfect bij het rijke lam en de knapperige, friszure salade. 'Ik wou dat ik dit drie keer per dag kon eten.'

Yulia's glimlach wordt breder. 'Mooi zo. Ik twijfelde of ik nog een toetje zou maken, maar ik dacht dat dit al meer dan genoeg was. Als dessert nemen we gewoon wat druiven.'

'Wat je maar wilt,' mompel ik met mijn mond vol aardappelen. 'Ik vind alles best.'

Ze lacht en neemt nog een hap. We eten gezellig in stilte verder en nadat we het grootste deel van de maaltijd hebben verorberd, ruim ik de restjes op en doe de afwas. Ik doe het automatisch, zonder na te denken. Pas als ik ga zitten om de druiven te eten, valt me op hoe tevreden ik me voel.

Nee, niet zomaar tevreden.

Ik voel me verdomme gelukkig.

De maaltijd, Yulia's vrolijke lach en de anticipatie van een vrijpartij zorgen er allemaal voor dat ik echt van deze avond geniet. En het is niet alleen vandaag, realiseer ik me terwijl ik een handvol druiven grijp.

Deze afgelopen week, sinds ik besloten heb Yulia te houden, is de gelukkigste die ik me kan herinneren.

'Zo, Lucas,' zegt Yulia voordat ik deze openbaring kan verwerken, 'vertel me eens...' Haar zachte lippen trillen van een nauwelijks onderdrukte lach. 'Hoe ben je zover in het leven gekomen zonder ooit een aardappel te schillen?'

Ik stop een druif in mijn mond terwijl ik over haar vraag nadenk. 'Ik neem aan dat ik een verwende opvoeding heb gehad,' zeg ik nadat ik de druif heb doorgeslikt. 'We hadden een huishoudster, dus mijn ouders deden niets in het huishouden en dat hoefde ik ook niet. Toen ik later bij de marine zat, aten we gewoon wat ons voorgezet werd en daarna...' Ik haal mijn schouders op als ik terugdenk aan de barre omstandigheden in het oerwoud in mijn tijd met die wetteloze, wanhopige groep mannen. 'Ik zag eten alleen als brandstof. Zolang ik maar geen honger had, dacht ik er verder niet over na.'

'Ik begrijp het.' Ze kijkt me bedachtzaam aan. 'Waarom ging je eigenlijk weg van huis? Van een gezin met een huishoudster naar de marine is een grote stap.'

'Ja, waarschijnlijk wel.' Mijn ouders vonden vast dat ik gek was geworden. 'Het leek op dat moment in mijn leven gewoon de juiste stap.'

'Waarom?' Yulia lijkt oprecht verbaasd. 'In de Verenigde Staten is er geen dienstplicht. Voelde je je plotseling geroepen om je land te verdedigen?'

Ik grinnik. 'Iets in die trant.' Ik ben niet van plan haar te vertellen over de crimineel die ik in Brooklyn bij het metrostation doodde, of de zieke kick die ik kreeg toen zijn bloed over mijn handen stroomde. Ze is al bang voor me; ze hoeft niet te weten dat ik op mijn zeventiende al een moordenaar was.

'Wat nobel van je,' zegt Yulia, en ik hoor de scepsis in haar stem. 'Wat een zelfopoffering.'

'Nou, ja, iemand moest het doen.' Ik bijt op een volgende druif en laat het koude, zoete sap mijn keel in sijpelen. Ik wil niet dat ze op dit onderwerp doorgaat, dus voeg ik toe: 'Net als iemand spion moest worden, toch?'

Zoals verwacht, klapt ze dicht en haar gezicht neemt de inmiddels bekende gesloten uitdrukking aan die me vertelt dat ik te dicht bij dat onderwerp kom. 'Wil je thee?' vraagt ze terwijl ze opstaat. 'Ik zag wat earl grey in een van die kratten.'

Ik leun achterover in mijn stoel en kijk naar haar. 'Oké.' Ik drink eigenlijk nooit thee, maar nu herinner ik me dat Yulia het dronk in het Moskouse restaurant waar we elkaar voor het eerst ontmoetten. 'Ik wil wel een kopje.'

Ze brengt water aan de kook en zet twee kopjes voor ons klaar, haar bewegingen zoals gebruikelijk sierlijk. Alles aan haar is sierlijk, als een danseres.

'Zat je vroeger op ballet?' vraag ik als de gedachte bij me opkomt. 'Of is dat een stereotype omtrent Oost-Europese meisjes?'

Yulia draait zich naar me toe, een kopje in iedere hand. 'Het *is* een stereotype,' zegt ze, en haar gespannen uitdrukking vervaagt. 'In mijn geval is het echter waar. Mijn ouders lieten me vanaf mijn vierde balletlessen nemen. Ze dachten dat het me zou helpen minder verlegen te worden.'

'Was je als kind verlegen?'

'Heel erg.' Ze loopt terug naar de tafel. 'Ik was geen schattig kind, verre van dat. Andere kinderen pestten me vaak.'

'Echt? Ik kan me niet voorstellen dat je ooit niet mooi was.' Ik pak het kopje aan dat Yulia me geeft. 'Hoe ga je van een niet-schattig kind naar de meest beeldschone vrouw die ik ooit heb gezien?'

Een blos komt over haar hoge jukbeenderen. 'Ik ben niet bepaald Helena van Troje.' Ze gaat zitten, haar handen om haar kop thee geslagen. 'Mijn moeder was wel mooi, dus ik denk dat ik wat van haar genen heb. Ze zetten echter pas laat in, nadat ik de puberteit had doorgemaakt. O, en een beugel hielp ook.' Ze schenkt me een brede glimlach die haar rechte, witte tanden laat zien.

'Ja, vast.' zeg ik wrang. 'Van lelijk eendje naar prachtige zwaan, zo simpel.'

Ze haalt haar schouders op, bloost weer en plotseling kan ik me haar als dat verlegen kind voor de geest halen.

'Ik wed dat je *wel* schattig was,' zeg ik terwijl ik haar bestudeer. 'Al dat blonde haar en die grote blauwe ogen. Je was je er alleen niet van bewust. Daarom haalden ze je uit het weeshuis, hè? Omdat ze wat in je zagen?'

Yulia verstijft en ik weet dat ik me weer te dicht bij het verboden onderwerp waag. Mijn goede bui verdwijnt als ik nadenk over het feit dat ik de laatste paar dagen absoluut geen vooruitgang met haar heb geboekt. Ze mag dan naar me lachen, voor me koken en me gewillig haar lichaam geven, maar ze vertrouwt me nog steeds voor geen zier.

'Yulia.' Ik zet mijn thee aan de kant. 'Je weet dat dit niet eeuwig zo door kan gaan, toch? Je zal op een dag moeten praten.'

Ze staart naar haar beker; haar lichaamstaal schreeuwt dat ik moet ophouden.

'Yulia.' Met veel inspanning houd ik mezelf onder controle. Ik sta op, loop naar haar toe en trek haar overeind. Ik houd haar armen vast en staar in haar afwerende blik. 'Wie zijn ze?'

Ze zwijgt en slaat haar lange wimpers neer om haar gedachten achter te verbergen.

'Waarom wil je me niet over ze vertellen?'

Ze zwijgt en staart naar een punt in mijn nek.

Mijn greep op haar armen verstrakt en ze krimpt ineen. Ik realiseer me dat ik haar ongewild pijn aan het doen ben, dus dwing ik mezelf mijn vingers te ontspannen en laat dan mijn handen zakken. Boos worden is niet de bedoeling. Het feit dat ik haar niet wil martelen, betekent dat ik haar vertrouwen moet winnen om antwoorden te krijgen. Maar op deze manier zal dat niet lukken.

Terwijl ik diep ademhaal om mijn zelfbeheersing terug te krijgen, til ik mijn hand op en duw haar haren achter haar oor, teder en voorzichtig om het gebaar zacht en niet dreigend te houden. 'Yulia.' Mijn vingers strelen haar wang. 'Lieverd, ze verdienen jouw loyaliteit niet. Ze hebben je leven verwoest. Wat ze met je gedaan hebben, was verkeerd, dat begrijp je toch wel? Ik heb je gezegd dat ik je zal beschermen – tegen hen en tegen iedereen die je kwaad wil doen. Je hoeft niet bang te zijn om me alles te vertellen. Ik ga me niet tegen je keren als ik de informatie eenmaal heb. Dat beloof ik je.'

Haar wimpers zwiepen omhoog als ze me aankijkt. 'Dus wat ga je doen als ik je over hen vertel? Wat zal er met de organisatie gebeuren?'

Ik onderdruk mijn tevreden glimlach. Ze is nog nooit zo dicht bij toegeven gekomen. 'Dan nemen we ze onder handen.'

'Zoals jullie Al-Quadar onder handen genomen hebben?' Haar ogen zijn wijd opengesperd. Zie ik nieuwsgierigheid en hoop? 'Jullie vernietigen hen?'

'Ja, je zult veilig zijn. Tegen de tijd dat we klaar met

ze zijn, zal niemand die verbonden is met de organisatie je nog kunnen kwetsen.' Ik bedoel dat als een geruststelling, een belofte dat alles goed zal komen, maar terwijl ik het zeg, zie ik Yulia's gezicht wit wegtrekken.

Ze stapt buiten mijn bereik, haar wimpers neergeslagen om haar blik weer te verbergen. Plotseling rijst een vermoeden in me op.

'Yulia.' Ik pak haar bij de arm als ze zich omdraait en draai haar terug, zodat ze me wel aan moet kijken. 'Bescherm je hen? Bescherm je iemand daar?'

Ze zegt niets, maar ik zie de spanning op haar gezicht, de angst die ze zo moeilijk kan verbergen. Dit is meer dan loyaliteit aan een baas, meer dan bezorgdheid om collega's.

Ze is doodsbang voor wat er met hen zal gebeuren – zoals iemand zich zorgen maakt om een geliefde.

Verbijsterd laat ik haar arm los en stap achteruit. Ik weet niet waarom deze mogelijkheid nooit bij me was opgekomen. Ik was gewoon zo overtuigd van het idee dat ze haar leven verkloot hebben, dat ik me nooit heb afgevraagd of er wellicht iemand in Oekraïne is om wie Yulia geeft.

Of ze misschien een geliefde heeft die géén opdracht is.

De rest van de avond kom ik op de automatische piloot door. Esguerra en ik hebben weer een laat telefoongesprek met Azië, dus bind ik Yulia vast in mijn kantoor, zodat ze kan lezen terwijl ik het afhandel. Ze is ongewoon behoedzaam en kijkt naar me alsof ik haar elk moment kan aanvallen. Haar angst laat de woede die diep in me borrelt verder groeien. Het kost me ongelofelijk veel moeite om haar een boek te geven en de kamer uit te lopen zonder haar vast te grijpen en antwoorden te eisen.

Zonder mijn toevlucht te nemen tot geweld. Daar wil en mag ik geen gebruik van maken.

Terwijl ik luister naar onze Maleisische leveranciers, die discussiëren over de kwaliteit van de laatste partij kneedbare explosieven, probeer ik te voorkomen dat mijn gedachten afdwalen naar mijn gevangene. Maar het is onmogelijk. Nu het idee in me opgekomen is, raak ik het niet meer kwijt.

Een geliefde. Een man om wie Yulia geeft en die ze wil beschermen.

Alleen al de gedachte daaraan vervult me met een moorddadige woede. Wie is hij? Een agent van haar organisatie? Iemand die ze misschien tijdens haar opleiding ontmoette? Dat is niet uitgesloten. Ze moet heel jong geweest zijn toen ze hem ontmoette, maar meisjes van die leeftijd worden vaak genoeg verliefd. Het zou een andere spion in opleiding kunnen zijn, iemand met wie ze dezelfde ervaringen deelde. Of misschien een oudere man – een instructeur of een volleerde agent. Kirill was vast niet de enige persoon die gemerkt had dat het lelijke eendje in een zwaan was veranderd.

Hoe langer ik erover nadenk, hoe waarschijnlijker het lijkt. Ze konden elkaar tijdens haar opleiding ontmoet hebben en later hun relatie hebben voortgezet. Dat Yulia's baan inhield dat ze een relatie met mannen moest aangaan om informatie te vergaren, betekent niet dat ze daarnaast geen echte relatie kan hebben gehad. En als ze die had, zou een andere agent de meest logische keuze zijn. Iemand van haar organisatie zou haar werk hebben begrepen. Zou haar vergeven dat ze deed wat ze moest doen.

Zou aanvaarden dat ze met mij neukte terwijl ze verliefd was op *hem*.

Het potlood waar ik tijdens het gesprek mee speelde, breekt in mijn hand, het knappende geluid verbazingwekkend hard in een pauze van het gesprek. Esguerra kijkt me met opgetrokken wenkbrauwen aan, werpt me een koele blik toe en ik dwing mijn handen om de gebroken stukken potlood los te laten.

Ik mag niet aan deze woede toegeven. Ik moet mezelf beheersen. Het is tijd voor een nieuwe strategie, een die niet afhankelijk is van Yulia's uiteindelijke vertrouwen in mij.

Als ik gelijk heb over haar geliefde, zal ze me nooit vertellen wat ik wil weten.

Ze zal de organisatie beschermen omdat hij daar deel van uitmaakt.

YULIA ZIT NOG STEEDS TE LEZEN ALS IK MIJN KANTOOR

BINNENSTAP, haar blonde hoofd gebogen over de pagina's van een technothriller van Michael Crichton. Ze houdt het boek op haar schoot, de enige positie die mogelijk is met de touwen die haar aan de fauteuil binden.

Als ze hoort dat ik binnenkom, kijkt ze op, haar blik argwanend. Ze verwacht blijkbaar dat ik haar weer zal ondervragen en haar angst is als benzine op het vuur van mijn woede.

Laat ik mijn gevangene vooral niet teleurstellen.

'Waarom bescherm je hen?' Ik loop door de kamer en ga voor haar staan. Mijn stem is kil, maar door mijn aderen stroomt een brandende woede. 'Waarom zijn ze zo belangrijk voor je?'

Yulia laat haar blik zakken. 'Ik weet niet waar je het over hebt.'

'Lieg niet tegen me.' Ik hurk voor haar, zodat we op gelijke ooghoogte zitten. Met mijn hand grijp ik haar kaak, zodat ze me wel aan moet kijken. 'Je wilt niet dat we achter jouw organisatie aangaan. Waarom?'

Ze zwijgt en houdt mijn blik vast.

'Zit er iemand bij die je wilt beschermen?'

Haar ogen verwijden zich iets en ik vang een glimp van paniek op in hun blauwe diepten. 'Nee, natuurlijk niet,' zegt ze snel.

Ze liegt. Ik weet het, maar ik speel het spelletje mee. 'Waarom wil je me dan niets over ze vertellen?'

'Omdat ze je wraak niet verdienen.' De woorden rollen snel en wanhopig uit haar mond. 'Ze deden gewoon hun werk, ons land beschermen.'

'Dus het draait voor jou om vaderlandsliefde? Is dat waar dit om gaat?'

'Natuurlijk.' Een ader klopt zichtbaar in haar hals. 'Waarom zou ik dit anders doen?'

'Misschien omdat ze hebben je meegenomen toen je verdomme nog een kind was.' Mijn hand verstrakt om haar kaak. 'Omdat je geen andere keus had dan voor hen de hoer te spelen of weg te rotten in het weeshuis.'

Door mijn harde woorden krimpt Yulia ineen; haar ogen vullen zich met tranen. Ik zwijg en onderdruk een golf van woede. Als ik besef dat mijn vingers in haar huid boren, ontspan ik mijn hand en leg hem in mijn schoot. Mijn hand balt zich meteen tot een vuist en ze deinst terug in de stoel, alsof ze bang is dat ik haar zal slaan.

Met moeite ontspan ik mijn hand. 'Yulia.' Ik weet mijn toon te beheersen. 'Het is een stel verdomde monsters. Ik snap niet waarom je dat niet wilt inzien.'

Ze sluit haar ogen en ik zie een traan over haar wang naar beneden rollen. 'Het is niet zo eenvoudig,' fluistert ze terwijl ze haar ogen opent om me weer aan te kijken. 'Je begrijpt het niet, Lucas.'

'O nee?' Ik kan het niet weerstaan en veeg het spoor van vocht van haar gezicht. Mijn aanraking is bijna zacht; mijn ergste woede is verdwenen bij het zien van haar tranen. 'Leg het me dan uit, schoonheid. Zorg dat ik het begrijp.'

'Dat kan ik niet.' Een volgende traan maakt mijn werk weer ongedaan. 'Het spijt me, maar ik kan het niet.'

'Kan het niet, of wil het niet?' Ik kan slechts één reden bedenken voor haar voortdurende stilzwijgen. Mijn vermoedens waren juist. Yulia beschermt iemand – iemand over wie ze mij niet kan vertellen omdat ze wat weet er zal gebeuren als ik van hem weet.

Omdat ze weet dat hij door mijn hand zal sterven.

Ze beantwoordt mijn vraag niet. In plaats daarvan zegt ze zachtjes: 'Mag ik alsjeblieft naar het toilet? Ik moet echt nodig.'

Ik staar haar vol wederom aanzwellende woede aan. Over minder dan vijf dagen ga ik naar Chicago en er zit nog steeds geen schot in de zaak. Ik heb nog steeds geen echte antwoorden.

Maar ik zal nooit verder komen zolang ze van hem houdt.

Terwijl ik naar haar betraande gezicht kijk, komt een idee in me op dat ik ooit als te wreed zou hebben afgedaan. Nu echter, met deze nieuwe kennis die mijn woede opzweept, zie ik geen andere manier. Ik kan Yulia niet voor eeuwig in het huis opgesloten houden. Op een zeker moment zal ik haar meer vrijheid moeten geven. En als ik dat doe, moet ik er zeker van zijn dat ze geen plek heeft om naar toe te vluchten.

Ik moet ervoor zorgen dat ze niet naar *hem* terug kan.

Daarom pak ik mijn knipmes uit mijn zak en snijd haar touwen los. Ze staart me bleek en zichtbaar doodsbang aan.

Mijn gezicht is een hard, ongevoelig masker als ik

haar slanke arm pak en haar overeind trek. 'Kom mee,' zeg ik met ijzige stem.

Terwijl ik haar door de gang leid, neemt mijn vastberadenheid toe.

De tijd van de zachte aanpak is voorbij.

Hoe dan ook zal Yulia vanavond praten.

MIJN HART BONKT VAN ANGST ALS WE ZWIJGEND NAAR DE BADKAMER LOPEN. IK KAN LUCAS' woede voelen. Dit is anders dan wat ik hiervoor van hem heb gezien – killer en beheerster. Hij is zowel woedend als vastbesloten en die combinatie beangstigt me meer dan als hij tegen me was uitgebarsten.

Zoals gebruikelijk laat hij me alleen de badkamer ingaan en ik sluit de deur achter me, ertegenaan leunend om mijn gedachten te ordenen en mijn gejaagde hartslag te kalmeren. Mijn avondeten voelt als een baksteen in mijn maag. Al meer dan een week heeft angst me niet meer in zijn greep gehad en ik was vergeten hoe overweldigend het kan zijn.

Hij loog. Hij loog toen hij beloofde me geen pijn te doen. Ik kon de duistere voornemens op zijn gezicht zien en ik voelde het nauwelijks ingedamde geweld in zijn aanraking.

Hij gaat iets met me doen vanavond – iets vreselijks.

Misselijk maak ik gebruik van het toilet en was mijn handen, de bewegingen automatisch, ondanks mijn paniek. Lucas' verraad voelt als een mes door mijn hart. In het begin vermoedde ik dat hij me aan het misleiden was, maar langzaam maar zeker werd mijn wantrouwen in hem minder. Ik begon te geloven dat onze bizarre huiselijke regeling een tijdje zou voortduren.

Ik begon te hopen dat hij me niet echt pijn ging doen.

Dura. Dura, dura, dura. Het Russische woord voor dwaas bonkt door mijn hoofd. Hoe kon ik zo dom zijn? Ik weet wat Lucas is. Ik zie de demonen die hem drijven. Mijn cipier is een man die wegliep van een goed, veilig thuis en het inruilde voor een leven vol gevaar en geweld – en hij deed het niet uit vaderlandsliefde.

Hij deed het omdat het in zijn aard zit, omdat hij een uitlaat voor zijn duisternis moest vinden.

Ik ken anderen zoals hij. Mijn trainers. Obenko zelf. Ze delen allemaal deze eigenschap, dit onvermogen om deel uit te maken van een vreedzame samenleving en haar wetten na te leven. Daarom zijn ze zo goed in hun werk – en zo gevaarlijk.

Als je geweten je niet hindert, is het makkelijk om te doen wat gedaan moet worden.

'Yulia.' Een klop op de deur doet me schrikken en ik besef dat ik maar wat heb staan nadenken. 'Ben je klaar?' Lucas' diepe stem doorbreekt mijn verlamming en ik kom in actie. Mijn angst wordt verdrongen door een golf adrenaline.

'Bijna,' roep ik, mijn stem verheffend zodat hij me boven het stromende water uit kan horen. 'Ik moet alleen mijn gezicht nog even wassen.'

Ik laat de kraan stromen om het geluid van mijn bewegingen te verhullen en kniel om het kastje onder de gootsteen te openen. Daar, tussen de extra rollen wc–papier en tubes tandpasta, vind ik het object dat ik precies voor een gelegenheid als deze verstopte.

Het is een kleine metalen vork, die ik twee dagen geleden uit de keuken weggriste en in de zak van mijn korte broek liet glijden terwijl Lucas aan het afwassen was. Hij had hem in de keukenla tussen de servetten en andere kleine dingen laten liggen. Waarschijnlijk had hij zich niet gerealiseerd dat de vork daar nog lag. Ik pakte de vork terwijl ik schone servetten op tafel legde en verstopte hem hier, in de hoop dat ik hem nooit nodig zou hebben.

Maar nu heb ik hem nodig. De kleine vork is geen goed wapen, maar hij is steviger dan een plastic tandenborstel.

Ik negeer het deel van mij dat in opstand komt tegen het idee Lucas te verwonden, schuif de vork in de achterzak van mijn korte broek en sluit de kast.

Ik kan niet toestaan dat hij me breekt.

Het leven van mijn broertje hangt ervan af.

LUCAS LEIDT ME ZONDER WAT TE ZEGGEN NAAR DE SLAAPKAMER. Ik besluit hem niet meteen aan te vallen als ik uit de wc kom, want het zal me niet lukken om hem nog een keer te verrassen. In plaats daarvan loop ik zo rustig als ik kan met hem mee, terwijl ik de vork die in mijn zak gloeit probeer te negeren. Ik weet dat Lucas altijd op mijn handen let, dus houd ik ze ontspannen aan mijn zij, vechtend tegen mijn instinct dat gilt dat ik *nu* moet uithalen.

'Uitkleden,' zegt Lucas als we bij het bed komen. Zijn bleke ogen zijn omfloerst als hij mijn arm loslaat en achteruit stapt. Ik kan de honger in hem voelen. Die is donker en krachtig, ondanks de kille woede die zich duidelijk aftekent in de lijnen van zijn gezicht.

Dit gaat geen tedere vrijpartij worden. Hij gaat me pijn doen.

Het kost de grootste moeite om het korte tanktopje over mijn hoofd te trekken en mijn borsten aan zijn blik bloot te stellen. Mijn keel is zo verkrampt dat ik nauwelijks kan ademen, maar ik laat het topje vallen en kijk hem zonder een spier te vertrekken aan. Het zou een slecht idee zijn om hem te laten merken hoe bang en wanhopig ik ben.

'De rest ook,' dringt Lucas aan als ik pauzeer. Zijn uitdrukking is even onbewogen als altijd, maar ik zie de bobbel in zijn spijkerbroek groeien. 'Trek alles uit, of ik doe het voor je.' Zijn armspieren spannen zich en verraden zijn ongeduld.

Ik forceer mijn mond tot een plagende glimlach. 'O, ja?' Langzaam, heel langzaam, reik ik naar mijn rits, hopend dat mijn handen niet trillen. 'En hoe ga je dat doen?'

Lucas neusgaten verwijden zich bij het horen van mijn uitdaging en hij doet precies wat ik verwachtte.

Hij grijpt me, haakt zijn vingers achter mijn broekband en trekt me hard tegen zich aan. Ik hijg speels, alsof ik opgewonden raak door zijn ruwheid, en terwijl hij is afgeleid, pak ik met mijn rechterhand de vork uit mijn broekzak en haal uit.

Met een bliksemsnelle beweging vliegt mijn hand naar zijn gezicht, de vork op zijn oog gericht. Tegelijkertijd stoot ik mijn knie omhoog naar zijn ballen. Ieder van deze verwondingen zal hem even desoriënteren en de combinatie van de twee geeft me misschien genoeg gelegenheid om te ontsnappen.

Het had moeten werken – bij elke andere man zou het gewerkt hebben – maar Lucas is niet zoals andere mannen. Al ben ik snel, hij is nog sneller. In een flits schiet hij achteruit. De vork schaaft langs zijn jukbeen en mijn knie raakt zijn lies. Dan is hij bovenop me en draait in een snelle, genadeloze beweging mijn rechterarm achter mijn rug. Zijn vingers knijpen zo hard in mijn pols dat mijn hand gevoelloos wordt. De vork glijdt uit mijn hand en meteen daarna lig ik op mijn buik op het bed; zijn grote lichaam pint me vast. Ik voel zijn erectie tegen mijn achterste pulseren, voel de woede en lust die van hem afstraalt, en de oude angst flakkert op. Herinneringen overspoelen me in een misselijkmakende vloedgolf.

Nee. Alsjeblieft, nee. Ik kan me niet bewegen, kan niet ademen. Ik zit hulpeloos vast terwijl ruwe mannenhanden aan mijn kleren rukken. De man boven op me wil me straffen, wil me pijn doen. Ik worstel, maar ik kan niets doen. Duistere paniek overspoelt me en laat me alle zelfbeheersing verliezen.

'Nee, alsjeblieft, nee!' Ik ben me nauwelijks bewust van mijn geschreeuw en gehuil, van de smeekbeden die uit mijn keel oprijzen. Ik voel alleen zijn handen die mijn korte broek over mijn benen rukken en zijn knieën die in mijn dijen boren om me in bedwang te houden. Er is geen tederheid in zijn aanraking, alleen rauwe, wraakzuchtige lust. De angst wordt allesverslindend als zijn vingers mijn lichaam binnendringen en gewelddadig beginnen te stoten, terwijl ik gil en snik van de pijn.

'Stop, alsjeblieft, stop!' Het is niet langer Lucas die boven op me ligt, niet langer de man die me genot gaf. Dit is het brute monster uit mijn nachtmerries, degene die mijn lichaam en ziel in stukken scheurde. De scheidslijnen in mijn bewustzijn vervagen en ik val duizelend terug in het verleden. 'Doe het niet! Stop, alsjeblieft, toe!'

Het monster houdt niet op, luistert niet. 'Wie ben ik?' gromt hij, terwijl zijn vingers meedogenloos doorgaan. 'Hoe heet ik?'

'Nee, stop!' Ik worstel onder hem, radeloos van angst. Ik begrijp niet wat hij zegt, wat hij van me wil. Ik moet wegkomen. Ik moet zorgen dat hij ophoudt. 'Laat me los!'

'Zeg mijn naam, dan stop ik.' Er klopt iets niet; er is iets dat ik zou moeten opmerken. Maar ik kan niet nadenken, kan me nergens anders op concentreren dan op de duistere, wervelende paniek in mijn hoofd.

'Laat me los!'

Zijn vingers stoten dieper, zijn stem is hard en wreed. 'Zeg mijn naam.'

'Kirill!' schreeuw ik, wanhopig op zoek naar ieder sprankje hoop. Ik zou alles doen, alles zeggen, om hem op te laten houden.

Maar hij stopt niet. 'Mijn volledige naam.'

'Kirill Ivanovich Luchenko!'

'Wie ben ik?'

'Mijn trainer!' De duisternis verslindt me, vernietigt me. 'Stop, alsjeblieft!'

'Je trainer waar?'

'Bij UUR!'

'Wat is UUR?' Zijn lichaam drukt me neer en verstikt me met zijn gewicht. 'Waar staat die afkorting voor, Yulia?'

'*Ukrainskoye...*' De ongerijmdheden dringen eindelijk door mijn angst heen en ik verstijf. Mijn gedachten flitsten in doodsangst tussen het heden en het verleden heen en weer. Het klopt niet. Alles is anders; alles is verkeerd. De vingers in mij zijn ruw, maar ze scheuren me niet uit elkaar en ik ruik geen eau de cologne.

Ik ruik geen eau de cologne.

'Waar staat de afkorting voor?' herhaalt de man, en voor de eerste keer hoor ik de spanning in zijn bekende, diepe stem.

Zijn Engelssprekende stem.

Nee. O, God, nee. Het besef lijkt me te doorboren.

Het is niet Kirill die op me ligt.

Het is Lucas.

Het was al die tijd al Lucas.

Hij liet me mijn nachtmerrie opnieuw beleven en ik brak.

Ik heb hem alles verteld.

Yulia verstijft onder me. Haar slanke lichaam schokt hevig en ik weet dat ze niet meer op die oude, angstaanjagende plek is.

Ze is terug bij mij.

Het zou bevredigend moeten zijn, deze overwinning. De naam van haar voormalige trainer en de afkorting van de organisatie vormen een goed begin. Onze hackers zullen het internet afstruinen en het is slechts een kwestie van tijd voordat ze Yulia's opdrachtgevers en haar geliefde vinden.

Ik heb mijn taak voltooid.

Maar om de een of andere reden geeft het me geen voldoening. In mijn borst voel ik een doffe pijn als ik mijn vingers uit Yulia's lichaam terugtrek. Op de plek waar eerst razernij en jaloezie leefden, voel ik nu alleen een leegte.

Ik heb haar pijn gedaan. Niet veel – misschien lichamelijk gezien bijna helemaal niet. Ze was niet helemaal droog en ik deed mijn best om haar niet te verwonden. Maar ik heb haar toch pijn gedaan.

Ik heb haar oude trauma gebruikt om haar te breken. Omdat ik haar angst voor seksueel geweld kende, joeg ik haar zo'n angst aan dat ze me aanviel. En toen sloeg ik terug op de manier die ze het meest vreesde.

Ik imiteerde de omstandigheden van haar angstdromen om het doodsbange vijftienjarige meisje op te roepen.

'Yulia.' Ik ga naast haar overeind zitten. De leegte in mijn borst wordt nog holler als ze slap en trillend blijft liggen. Ik aai haar zachtjes over haar rug, niet in staat om de juiste woorden te vinden. Haar huid is koud en klam onder mijn vingers, haar ademhaling onvast. 'Lieverd...'

Ze draait van me weg, rolt zich op tot een kleine bal van naakte ledematen. Haar korte broek zit nog rond haar knieën, maar ze lijkt zich er niet van bewust. Ze rolt zich strakker en strakker op, alsof ze zichzelf probeert te laten verdwijnen.

'Kom hier, schatje.' Ik kan me niet bedwingen mijn hand naar haar uit te steken. Ze is stijf als ik haar op mijn schoot trek; iedere spier in haar lichaam is gespannen. Ik weet dat mijn aanraking het laatste is wat ze nu wil, maar ik kan haar dit niet alleen laten verwerken.

Zelfs nu ik weet dat ze van een andere man houdt, kan ik haar niet met rust laten.

Haar gezicht is nat tegen mijn schouder. Ik streel haar rug, haar haren en haar gladde kuitspieren. De perzikgeur van haar huid plaagt mijn neus, maar mijn verlangen naar haar is ondergeschikt. Op dit moment is haar troosten het belangrijkste. Met haar knieën tegen haar borst opgekruld lijkt Yulia niet groter dan een kind. Haar hele lichaam past op mijn schoot. Haar kwetsbaarheid bedrukt me, verzwaart het strakke gevoel rond mijn hart. Ik weet niet wat ik moet doen, dus houd ik haar maar vast en kalmeer haar verkilde lichaam met mijn warmte. Ze trekt zich niet terug, ze stribbelt niet tegen en dat is voor nu voldoende.

Het moet voldoende zijn.

'Het spijt me,' mompel ik als het beven wat minder wordt. De woorden klinken voor haar waarschijnlijk net zo hol als ze mij toeschijnen. Maar ik zet door; ze moet het begrijpen. 'Ik wilde je geen pijn doen, maar we moesten uit deze impasse komen. Je zou me nooit genoeg vertrouwd hebben om me over UUR te vertellen. En nu is het voorbij. Ik had beloofd dat ik je geen pijn zou doen als je zou praten en dat zal ik ook niet doen. Het komt goed. Alles komt goed.'

Zo gauw haar geliefde dood is, zal ze van mij zijn, van mij alleen.

Yulia zegt niets, maar na een paar minuten kalmeert haar ademhaling en stopt het beven. Zelfs haar huid voelt warmer, hoewel haar lichaam nog steeds stijf is in mijn omhelzing.

'Ben je moe, schatje?' fluister ik, terwijl mijn hand in langzame cirkels haar rug streelt. 'Wil je gaan slapen?'

Ze geeft geen antwoord, maar verstrakt nog meer.

'Maak je geen zorgen, ik zal je niet aanraken,' zeg ik met een gok naar de reden van haar spanning. 'We gaan gewoon slapen, oké?'

Nog steeds geen antwoord, maar dat had ik op dit punt ook niet verwacht. Met haar tegen mijn borst sta ik op en draag haar naar haar kant van het bed. Daar leg ik haar voorzichtig op de lakens. Yulia rolt onmiddellijk van me weg en wikkelt zich in de deken. Ik laat haar zo liggen terwijl ik mijn kleren uitdoe en de handboeien pak.

Dan ga ik naast haar liggen en trek de dekens van haar af om haar linkerpols te pakken. 'Kom hier, lieverd. Je kent onze afspraak.'

Ze verzet zich niet als ik de handboeien rond onze polsen vastklik. Het zou ongemakkelijk moeten zijn om zo te slapen, met onze linkerpolsen aan elkaar gekluisterd, maar ik ben er inmiddels zo aan gewend dat het volledig natuurlijk voelt.

Zodra ik Yulia heb vastgemaakt, trek ik haar tegen mijn borst, haar van achteren omhelzend. Als mijn kruis tegen haar billen drukt, voel ik ruw materiaal tegen mijn naakte penis en ik besef dat ze erin geslaagd is om haar korte broek omhoog te trekken terwijl ik me uitkleedde. Ik overweeg haar zo te laten slapen, maar na wat verschuiven om een betere positie te vinden, reik ik naar de rits van de korte broek.

'Ik ga je alleen maar vasthouden,' beloof ik, en trek de korte broek naar beneden over haar benen. Ze blijft stijf en weerloos liggen. 'Dit is voor jou ook prettiger.'

Ik schop de korte broek weg en trek haar opnieuw tegen me aan, nog altijd verbaasd dat haar naakte lichaam zo perfect in mijn armen past. Voordat ik Yulia ontmoette, begreep ik niks van knuffelen met een vrouw, maar ik kan me nu niet meer voorstellen hoe het is om zonder haar in slaap te vallen.

Natuurlijk knuffel ik Yulia normaal gesproken *na* de seks, realiseer ik me als mijn penis tegen haar billen verhardt. Slapen gaat een stuk makkelijker nadat ik haar een paar keer heb geneukt.

Ach, ja. Ik haal diep adem en stel me voor dat ik in de bergen van Afghanistan door de modder aan het kruipen ben, terwijl striemende ijzel mijn kleren doorweekt. Als dat niet helpt, denk ik terug aan mijn ouders en de manier waarop zij elkaar nooit aanraakten, nooit naar elkaar glimlachten. Hoe ze een liefdevolle familieband en genegenheid vervangen hadden door strikte beleefdheid.

Die laatste herinnering voldoet en mijn erectie ebt voldoende weg om me te ontspannen. Terwijl ik wegzink in de rustgevende duisternis van de slaap, droom ik van perziktaart, engelen met lang blond haar, en een glimlach.

Yulia's stralende, oprechte glimlach.

20

Yulia

'HET IS JOUW SCHULD, TRUT. HET IS ALLEMAAL JOUW
SCHULD.'

Vaag ben ik me ervan bewust dat de woorden vreemd ver weg klinken, maar de angst verzwelgt me nog steeds en drukt op me neer als een verstikkende deken. Ik kan hem over me heen voelen en ik schreeuw het uit om de inbreuk en de vreselijke pijn te ontwijken.

'Nee, alsjeblieft, nee!'

'Sst, schatje, alles is goed. Het is maar een nare droom.'

Sterke armen om me heen drukken me tegen een warm, hard lichaam en de verstikkende angst trekt weg, de wrede stemmen verdwijnen. Snikkend van opluchting probeer ik me om te draaien, de persoon die me vasthoudt aan te kijken. Maar er trekt iets hards aan mijn linkerpols.

De handboeien.

'Lucas?'

'Ja, ik ben het.' Warme lippen beroeren mijn slaap en een grote hand strijkt mijn haar naar achter. 'Ik heb je. Alles is goed nu. Je bent veilig.'

Hij heeft me. Iets in mij hoort zich hier zorgen over te maken, maar op dit moment ben ik me alleen maar bewust van de verleidelijke vertroosting. Lucas' krachtige armen omringen me, houden me vast, beschermen me in de duisternis. En de verschrikking van de droom trekt zich terug, zakt weer weg in het moeras van het verleden.

Kirill is er niet. Lucas wel en niemand kan me bij hem weg halen.

'Schatje, je moet ophouden met zo te bewegen.' Zijn stem is hees en gespannen en ik realiseer me dat ik tegen hem aan schuur in een poging nog dieper in zijn omarming te komen. Bij die poging wrijven mijn billen over zijn kruis, met voorspelbaar resultaat.

De angst flakkert even op, de paniek groeit een ogenblik en ik probeer me weer om te draaien. Ik wil mijn gezicht verbergen tegen zijn brede borstkas, maar de handboeien zitten in de weg.

'Sst, alles is goed. Je bent veilig.' Een klein rukje, een zachte *klik* van het slot, en de handboeien zijn los. 'Je hoeft niet bang te zijn. Alles is goed.'

Alles is goed. De paniek trekt zich terug, vooral nu ik mijn armen om Lucas' gespierde torso kan wikkelen en zijn vertrouwde geur kan opsnuiven. Hij ruikt naar zijn douchegel en naar warme mannelijke huid, naar veiligheid, kracht en troost. Ik begraaf mijn gezicht in zijn borst en sla mijn been over zijn heup. Ik wil mezelf om hem heen wikkelen als een wijnrank en ik hoor hem kreunen terwijl zijn harde penis tegen mijn buik duwt.

Iets in mij hoort zich daar ook zorgen over te maken, maar mijn geest heeft het te druk met het afschudden van de droombeelden en ik kan dus niet achterhalen waarom. Ik wil hem gewoon dichterbij, zo dichtbij als twee mensen maar kunnen zijn.

'Neem me,' fluister ik terwijl ik een hand tussen onze lichamen laat glijden om zijn ballen te omvatten. 'Alsjeblieft, Lucas, neuk me.'

'Je…' Zijn stem klinkt gesmoord. 'Wil je me?'

'Ja toe, Lucas.' Ik weet dat het sneu is om te smeken, maar ik heb hem nodig. Ik heb hem nodig om de gruwelen te verjagen. 'Toe,' – ik grijp zijn penis en probeer hem richting mijn kutje te sturen – 'neuk me alsjeblieft. Alsjeblieft.'

'Ja. O, zeker, ja.' Hij klinkt ongelovig terwijl hij boven op me rolt; zijn heupen nestelen zich tussen mijn open dijen. 'Wat je maar wilt, schoonheid. Wat je verdomme maar'– hij stoot diep in me – 'wilt.'

We kreunen allebei als hij volledig in me zit en zijn omvang rekt me uit tot ik niet meer kan. Ik ben niet zo nat als gewoonlijk, maar dat maakt niet uit. De bijna pijnlijke wrijving, de overweldigende kracht waarmee hij plotseling bij me binnen stootte – het is precies wat ik nodig heb. Dit heeft niets te maken met seks of genot.

Het gaat erom dat ik de zijne ben.

'Yulia...' Zijn stem is een gemartelde kreun als hij in me begint te bewegen. 'O, schatje, je voelt zo geweldig.'

'Ja.' Ik wikkel mijn benen om zijn gespierde dijen, waarbij ik hem nog dieper in me trek. 'Ja, precies zo. O, God, ja zo.'

Hij gehoorzaamt, zijn ritme sterk en gestaag, waardoor ik al snel het beetje pijn vergeet. Terwijl hij blijft stoten, ontbrandt een wild vuur in mij, een zuiver dierlijke behoefte. Ik wil dat hij me zo hard neukt dat het pijn doet, dat hij me zo vaak laat klaarkomen dat ik mijn eigen naam niet meer weet.

Ik wil dat zijn geweld mijn demonen verjaagt.

'Harder,' fluister ik terwijl ik mijn nagels in zijn rug zet. 'Neem me harder.'

Hij spant zich, een rilling stroomt door zijn grote lichaam en ik voel zijn penis nog groter groeien. Een lage grom welt op uit zijn borst en hij verhoogt het ritme; zijn gespierde achterste spant zich onder mijn kuiten terwijl hij zich in me boort, iedere stoot zo diep dat hij me bijna doormidden splijt. Het zou te veel moeten zijn, te hard moeten zijn. Maar mijn lichaam verwelkomt hem, de hitte in me feller bij iedere kneuzende stoot. Ik hoor mijn eigen kreten, voel de explosieve druk opbouwen en al mijn angsten verdampen, waarna ik niets anders meer voel dan allesverterend genot.

'Lucas!' Ik weet niet of ik zijn naam schreeuw of dat het alleen in mijn gedachten is. Maar op dat moment schreeuwt Lucas hees en ik voel hem in mij spuiten, terwijl withete extase door mijn zenuwuiteinden raast. Het orgasme is zo krachtig dat mijn hele lichaam omhoog komt en ik witte vlekken voor mijn ogen zie. Het lijkt eeuwig door te gaan, de ene pulserende kramp na de andere. Maar uiteindelijk nemen de golven van genot af en langzaam keert mijn bewustzijn terug.

Lucas ligt boven op me, zijn grote lichaam bedekt met zweet. Maar net als ik het gewicht van zijn lichaam opmerk, rolt hij van me af en trekt me met mijn hoofd op zijn schouder tegen hem aan. We blijven zo liggen, allebei hijgend en te uitgeput om te bewegen. Mijn hartslag vertraagt en een verzadigde loomheid overvalt me.

'Welterusten, schatje,' hoor ik hem fluisteren terwijl ik wegzak en ik sluit mijn ogen in de wetenschap dat ik veilig ben.

Ik behoor Lucas toe en hij verdrijft alle slechte dromen.

'Goedmorgen, schoonheid.' Een tedere kus op mijn schouders wekt me. 'Heb je zin in thee?'

'Wat?' Ik open mijn ogen moeizaam en knipper om de slaperigheid uit mijn hoofd te verdrijven. Ik lig op mijn zij, dus rol ik op mijn rug en tuur omhoog naar Lucas – die al aangekleed en met wat lijkt op een dampende mok thee naast het bed staat.

'Thee,' zegt hij. Zijn harde mond vormt zich tot een glimlach. 'Ik heb hem voor je gezet. Ik hoop dat ik het niet verprutst heb.'

'Eh…' Mijn hersenen functioneren nog steeds niet volledig, dus ik ga overeind zitten en probeer te begrijpen wat er gebeurt. 'Je hebt thee voor me gezet?'

'Hm–m.' Lucas gaat op de rand van het bed zitten en geeft me voorzichtig de mok. 'Alsjeblieft. Ik wist niet zeker hoelang hij moest trekken, maar er stonden instructies op het doosje, dus hopelijk is het goed.'

'Hm, ja.' Ik pak de beker aan en neem een paar slokjes. De thee is heet genoeg om mijn tong te branden, maar de vertrouwde smaak van earl grey verkwikt me en verjaagt de wollige janboel in mijn hoofd. Langzaam, in stukjes en beetjes, begint het allemaal weer naar boven te komen.

Lucas als Kirill. Hem vertellen over UUR.

De mok kantelt in mijn hand en hete vloeistof komt op mijn blote borsten terecht.

Geschrokken van de plotselinge pijn kijk ik omlaag. Lucas vloekt terwijl hij de beker van me overneemt. Hij zet hem op het nachtkastje en dept mijn borst met een hoek van het laken droog. 'Verdomme. Yulia, gaat het wel?'

Ik staar hem aan, mijn huid kil ondanks het branden van de thee. 'Je wilt weten hoe het met me gaat?' Nu herinner ik me alles weer. Hoe hij me heeft gebroken. Hoe hij me daarna vasthield. De nachtmerrie. Dat ik me in de duisternis aan hem vastklampte.

Dat ik hem vroeg – nee, *smeekte* – om me te neuken.

Lucas' gezicht verstrakt. 'Ben je erg verbrand?'

'Nee.' De kilte in me verspreidt zich en verdooft de paniek die door mijn aderen stroomt. 'Ik ben niet verbrand.'

Tenminste, niet door de thee.

Ik draai me om en zoek onder de lakens naar de korte broek die hij wegschopte toen we gingen slapen. Het is iets om me op te concentreren, iets om te doen. Bovendien heb ik die kleren nodig. Ze zijn een schild en dat heb ik nodig.

Ik moet me ergens aan vasthouden om niet gek te worden.

Hoe kon ik bij Lucas steun hebben gezocht na die nachtmerrie, terwijl hij die een paar uur daarvoor werkelijkheid liet worden? Hoe kon ik een man willen die me op die manier gebroken heeft? Het is alsof ik uitgewist had wat hij deed en het in mijn wanhopige behoefte aan troost allemaal onderdrukte.

In mijn zwakke, egoïstische behoefte omhelsde ik de man die mijn broertje zal gaan vermoorden.

'Yulia.' Lucas reikt naar me, maar ik wend me af. Mijn vingers vinden de korte broek en ik pak hem voordat ik aan de andere kant uit bed spring. Ik weet dat ik nergens naartoe kan, maar ik kan zijn aanraking nog niet verdragen.

Dan zou ik opnieuw instorten.

'Wat doe je?' vraagt hij als ik me in de korte broek wurm en daarna op handen en voeten rondkruip op zoek naar het topje ik gisteravond liet vallen. 'Yulia, wat ben je in vredesnaam aan het doen?'

Aha, daar. Ik negeer zijn vraag en pak het topje – al is de kanten sportbeha die naam nauwelijks waardig. Alle kleren die Lucas me gaf, zijn zo: casual, maar toch belachelijk sexy. Ze zijn echter beter dan niets, dus trek ik het topje aan, kom overeind en doe mijn best om niet naar hem te kijken.

Dat lijkt hem te irriteren. Razendsnel doorkruist hij de kamer en blijft voor me staan. Zijn vingers grijpen mijn arm.

'Wat is er verdomme aan de hand, Yulia?' Met zijn vrije hand grijpt Lucas mijn kin en dwingt me hem aan te kijken. 'Wat speel je voor spelletje?'

'Ik?' Ik ontmoet zijn blik en een kleine vonk van woede flikkert in de as van mijn wanhoop. 'Jij bent de spelleider, Kent. Ik doe alleen maar mee.'

Hij fronst. 'Dus wat was dat vannacht dan? Deed je alleen maar mee?'

'Dat was een moment van waanzin.' Dat is tenminste de enige manier waarop ik het voor mezelf kan verantwoorden. Mijn stem is hard en bitter als ik eraan toevoeg: 'Bovendien, wat kan jou het schelen? Jij hebt gekregen wat je nodig hebt.'

'Ja, inderdaad.' Zijn uitdrukking is ondoorgrondelijk. 'Ik heb genoeg om UUR te vernietigen.'

Ik voel me plotsklaps zo beroerd dat ik op het punt

sta over te geven. Ik weet niet of Lucas het merkt, maar hij laat mijn kin los en stapt naar achter.

'Je komt er wel overheen,' zegt hij, zijn stem vreemd gespannen. 'Ik zei dat ik je niet zou doden of je iets aan zou doen als je me de informatie gaf, en dat zal ik ook niet doen. Je hoeft je geen zorgen meer te maken. Het is voorbij.'

Ik staar hem getroffen aan; het idee dat Lucas me zou kunnen doden is gisteravond of vanochtend niet in me opgekomen. Ik dacht er helemaal niet over na wat er met mij zou gebeuren. Ergens de afgelopen tijd ben ik gaan geloven dat mijn bewaker me niet dood wil.

Ik begon te geloven dat zijn seksuele obsessie met mij oprecht is.

'Wacht maar,' zegt Lucas als ik blijf zwijgen, 'het zal beter worden. Als UUR vernietigd is, geef ik je meer vrijheid. Dan kan je alleen rondlopen op het landgoed, kan je gaan en staan waar je maar wilt.'

'Echt?' Ondanks mijn wanhoop lach ik bijna hardop. 'En waarom denk je dat ik niet zal vluchten?'

Een duistere glimlach speelt om zijn lippen. 'Omdat je niet ver zou komen als je het probeerde. Ik ga wat zenders bij je plaatsen.'

Mijn hart slaat een slag over. 'Zenders?'

Lucas knikt en laat mijn arm los. 'Esguerra's mensen hebben een nieuw prototype ontwikkeld. Voor nu wil je misschien een klein voorproefje van hoe de toekomst zal zijn en na het ontbijt naar buiten gaan? Dan maken we een wandeling.'

Een wandeling buiten. Op ieder ander moment zou ik

verrukt geweest zijn, maar nu kan ik nauwelijks op een redelijk normale manier met hem omgaan.

Ik kan niet met hem omgaan alsof mijn hele wereld niet op het punt staat in elkaar te storten.

'Maar nu eerst ontbijt.' zegt Lucas als ik verstijfd blijf staan. 'Kom op. Dan neem ik je mee naar de badkamer voor je ochtendroutine.'

Badkamer. Ontbijt. Ik wil schreeuwen dat hij gek is, dat ik geen hap door mijn keel krijg. Maar ik zwijg en doe wat hij zegt. Ik moet bedenken wat te doen, hoe ik deze afschuwelijke puinhoop kan oplossen.

'Over wat voor zenders heb je het?' dwing ik mezelf te vragen terwijl we naar de badkamer lopen. 'Implantaten of uitwendig?'

'Implantaten.' Lucas stopt voor de badkamerdeur en kijkt naar me. 'Slechts een paar, om je te beveiligen.'

En ervoor te zorgen dat hij altijd weet waar ik ben.

'Wanneer ga je ze plaatsen?' vraag ik, en ik probeer mijn stem vast te laten klinken. Als de zenders zo lastig te verwijderen zullen zijn als ik vermoed, zal ontsnappen bijna onmogelijk zijn.

'Als ik terug ben uit Chicago,' zegt Lucas. 'Over vijf dagen ga ik twee weken op reis. Helaas zijn de zenders niet voor die tijd binnen, dus zal je die tijd vastgebonden moeten doorbrengen.'

'Ga je weg?' Mijn hartslag versnelt met plotselinge hoop. Als hij weggaat...

'Ja, maar maak je geen zorgen. Ik heb een paar bewakers die ik vertrouw gevraagd om een oogje op je te houden.' Hij glimlacht, alsof hij mijn gedachten heeft gelezen. 'Zij zullen ervoor zorgen dat je veilig bent en het goed hebt.'

En nog steeds hier bent als ik terugkom.

De onuitgesproken woorden hangen in de lucht terwijl ik de badkamer instap en rustig de deur achter me dicht doe. Lucas' plan om me aan hem vast te ketenen, zou me angst moeten aanjagen, maar de misselijkmakende angst die ik voel, heeft niets te maken met mijn eigen lot.

Als Esguerra's mannen achter UUR aangaan op de manier waarop ze achter hun andere vijanden aangingen, zal niemand verbonden aan de organisatie aan hun toorn ontsnappen.

Obenko's hele familie zal worden weggevaagd – en mijn broertje met hen.

ucas

Yulia is stil en teruggetrokken terwijl ze ons ontbijt maakt en ik twijfel er niet aan dat ze aan hem denkt – de man waar haar hart vol van is. Ze vraagt zich waarschijnlijk af wat er met hem gaat gebeuren en voelt zich vast schuldig dat ze hem per ongeluk heeft verraden. Ik wil haar vastgrijpen en haar bevelen om hem uit haar gedachten te bannen, maar dat zou het alleen maar erger maken. Als ze zich realiseert dat ik over hem weet, kan ze pleiten voor zijn leven. Dat wil ik niet.

Ik ga die klootzak hoe dan ook vermoorden en ik wil haar niet onnodig overstuur maken.

Maar nu is er geen teken van de vrolijke glimlach

van gisteren, geen grapjes of gelach terwijl ze door de keuken beweegt en haar taak uitvoert. Met het vorkincident vers in mijn geheugen houd ik haar extra nauwlettend in het oog om te zien dat ze niets anders verbergt. Het is vast overmoedig dat ik mijn gevangene op deze manier laat rondlopen, ongebonden en met toegang tot dingen die als wapens kunnen worden gebruikt. Ik ben er vrij zeker van dat ik haar aankan, als ik haar aanval tenminste zie aankomen, maar er is altijd een kans dat ze me een keer te snel af is.

Ze is gevaarlijk, maar net als bij een uitdagende missie vind ik dat juist opwindend.

Het ontbijt dat Yulia maakt is eenvoudig: een omelet met kaas en een kom aardbeien als dessert. Theoretisch had ik dat zelf kunnen maken, maar mijn eieren zouden of rubberachtig of vloeibaar zijn geweest en de kaas zou langs de randen zijn aangebrand. Bij Yulia gebeuren dat soort dingen niet. Haar omelet wordt licht, luchtig en heerlijk kazig en zelfs de aardbeien smaken beter dan ik me herinner.

'Dit is geweldig,' zeg ik tegen haar terwijl ik mijn portie verslindt. Yulia knikt zwijgend als erkenning van mijn dank. Afgezien daarvan kijkt ze de andere kant op en praat ze niet tegen me.

Het is alsof ik niet besta.

Haar gedrag maakt me woedend, maar ik beheers me. Ik verdien haar zwijgzaamheid. Misschien heb ik haar niet fysiek gekwetst, maar dat neemt de ernst van wat ik deed niet weg.

Ik heb haar gemarteld: ik heb haar oude trauma gebruikt om haar te breken.

Geërgerd door mijn schuldgevoel sta ik op om de afwas te doen en gebruik de vertrouwde routine om mijn malende gedachten af te leiden. Als je het mij vraagt, is het beter voor Yulia dat ik haar geliefde uit haar leven verwijder. Het is duidelijk dat hij haar op geen enkele manier waardig is. Hij liet haar naar Moskou gaan om met andere mannen naar bed te gaan en hij liet haar twee maanden rotten in de Russische gevangenis. Agent of niet, de man is een zwakkeling en ze is beter af zonder hem. Toen Yulia gisteravond het initiatief nam, dacht ik dat ze me wonderbaarlijk genoeg vergeven had en had besloten haar geliefde te vergeten, maar nu zie ik in dat dat een illusie was.

Ze was te getraumatiseerd om te weten wat ze deed.

'Klaar voor een wandeling?' vraag ik terwijl ik naar de tafel loop. Yulia nipt aan haar thee, nog steeds zonder naar me te kijken. 'Ik heb over minder dan twee uur een telefoongesprek, dus als je naar buiten wilt, moeten we nu gaan.'

Ze staat op, nog steeds zwijgend en bleek. Ze is overstuur. Nee, meer dan overstuur, ze is wanhopig.

Het schuldgevoel flakkert weer in me op en met wat moeite zet ik het van me af. 'Kom hier,' zeg ik, en ik pak haar bij de hand. Haar slanke vingers voelen koud aan als ik haar de keuken uit leid. 'We gaan door de achterdeur.'

De slaapkamer heeft een deur naar de achtertuin en ik gebruik die nu om nieuwsgierige blikken te vermijden. Ik wil niet dat iemand mijn gevangene buiten ziet en geruchten verspreidt. Totdat ik iets tastbaars over UUR heb om aan Esguerra te laten weten, wil ik onze relatie niet rondbazuinen. Ik heb nog een gunst van hem te goed, maar het is beter als ik het als een combinatie kan brengen: de hoofden van onze vijanden samen met het nieuws dat ik Yulia bij me wil houden.

'Sorry dat het zo warm is,' zeg ik als we naar buiten gaan. Het is pas half tien 's ochtends, maar het voelt nu al als een sauna buiten. Het zal waarschijnlijk binnen een uur gaan regenen, maar op dit moment is de lucht blauw, met maar een paar witte wolken. 'Volgende keer gaan we eerder.'

'Nee, dit is prima,' zegt Yulia als ze op een open plek tussen de bomen stopt. Verbaasd kijk ik naar haar. Haar gezicht heeft wat kleur gekregen en ze sluit ze haar ogen, haar hoofd achterover. Ze ziet eruit als een plant die het zonlicht probeert op te vangen en ik realiseer me dat dat precies is wat ze doet: zich koesteren in de zon en haar warmte absorberen.

'Je vindt het hier fijn.' Ik weet niet waarom me dat verbaast. Ik denk dat ik aannam dat iemand uit haar deel van de wereld gewend zou zijn aan de kou en de vochtige hitte van het oerwoud zou haten. 'Dit weer bevalt je.'

Ze brengt haar hoofd recht en opent haar ogen om me aan te kijken. 'Ja,' zegt ze zacht. 'Dat klopt.'

'Daar ben ik blij om.' Ik knijp in Yulia's hand en glimlach naar haar. 'Het kostte mij een tijdje om eraan te wennen, maar ik kan me nu niet meer voorstellen op een koude plek te wonen.'

Ze lacht niet terug, maar haar hand voelt warmer aan in mijn greep als we verder wandelen, dieper het bos in dat aan het landgoed grenst. Esguerra's landgoed is enorm en reikt ver het oerwoud in. In de jaren tachtig verwerkte Juan Esguerra, Julian's vader, enorme hoeveelheden cocaïne hier, maar daar zijn bijna geen sporen meer van. De jungle heeft de oude blokhutachtige laboratoria al verzwolgen; de natuur heeft razendsnel haar terrein teruggeëist.

'Het is hier zo mooi,' zegt Yulia als we een volgende open plek betreden. Ik zie haar kijken naar de tropische bloemen die een kleine vijver verderop omringen. Ze klinkt vreemd genoeg een beetje weemoedig.

Ik laat haar hand los en draai me naar haar toe. 'Dit is je nieuwe thuis.' Ik reik omhoog en duw een streng haar achter haar oor. 'Zodra alles geregeld is, kan je hier komen wanneer je maar wilt.'

Ik bedoel dat als een geruststelling, een belofte van een fijne toekomst, maar haar gezicht verscherpt bij mijn woorden en ik weet dat ze zich weer zorgen maakt over haar geliefde.

Klootzak. Ik wou dat die man nu al onder de grond lag, zodat ze hem kan vergeten.

Ik maan mezelf geduldig te zijn, dus breng ik mijn hand weer omlaag en zeg: 'Dit is een van de mooiste plekken op het landgoed. Er is ook een mooi meer vlakbij.'

Yulia antwoordt niet, maar wendt zich af en loopt naar de vijver. Haar teenslippers zijn nauwelijks te zien als ze in het hoge gras staat. De aanblik van de groene stengels die haar enkels raken doet me beseffen dat ik haar voor dit soort wandelingen een paar gympen moet geven. Er zijn hier slangen en allerlei soorten insecten. En ook wilde dieren – sommige bewakers hebben jaguars op het terrein gezien.

Plotseling bezorgd loop ik naar Yulia toe en controleer het gras in de buurt. Er is niets gevaarlijks, dus besluit ik haar haar gang te laten gaan. Ze lijkt diep in gedachten terwijl ze uitkijkt over het water, haar gladde voorhoofd vertrokken tot een vage frons. Het zonlicht laat haar haren glanzen en ik merk voor de eerste keer dat sommige strengen bijna witgoud zijn, terwijl andere een donkerdere honingkleur hebben. Er is geen uitgroei te zien, dus haar haarkleur moet helemaal natuurlijk zijn.

'Waren je ouders ook zo blond?' vraag ik nieuwsgierig terwijl ik achter haar ga staan. Ik kan het niet laten om haar haren bij elkaar te pakken en ik verwonder me over de dikte. 'Deze kleur zie je niet vaak bij volwassenen.'

'Mijn moeder wel.' Yulia lijkt het niet erg te vinden dat ik met haar haren speel, dus verwen ik mezelf door met mijn vingers door de zijdezachte massa te gaan en het dan naar één kant te duwen om haar lange, slanke nek bloot te leggen. 'Mijn vader had lichtbruin haar, iets donkerder dan dat van jou. Maar zijn haar was als kind ook heel licht.'

'Aha.' Ik buig omlaag om haar perzikgeur op te snuiven, maar kan het dan niet laten om zachtjes in het zachte plekje onder haar oor te snuffelen. Haar huid is warm en gevoelig onder mijn lippen en terwijl mijn tanden zachtjes aan haar oorlel knabbelen, hoor ik haar adem stokken. Een piek van verlangen schiet meteen door me heen; mijn lichaam verhardt van begeerte.

'Yulia…' Ik laat haar haren los om haar zachte, ronde borsten te omvatten. 'Ik wil je zo verdomd graag.'

Ze beeft; haar lippen openen met een zachte kreun terwijl ze haar hoofd tegen mijn schouder leunt en haar ogen sluit. Ze mag misschien overstuur zijn over haar geliefde, maar ze wil mij nog steeds – dat valt niet te ontkennen. Haar stijve tepels drukken door haar topje tegen mijn handpalmen en op haar bleke huid verschijnt een warme blos.

Gisteravond was toch geen vergissing. Yulia heeft me misschien nog niet vergeven voor wat ik gedaan heb, maar haar lichaam wel.

Ik blijf haar nek kussen en ga op mijn knieën zitten, haar mee omlaag trekkend in het gras. Dan draai ik haar naar me toe, strek me op mijn rug uit en laat haar boven op me zitten, haar handen op mijn schouders. Yulia's ogen zijn nu open; ze kijkt me aan terwijl ik haar bij de heupen vasthoud en mijn bekken omhoog duw om mijn erectie tegen haar aan te drukken. Zelfs door onze lagen kleding heen voelt het goed om tegen haar aan te wrijven, vooral als ik zie dat haar blauwe ogen donkerder worden.

'Kom hier,' mompel ik, en ik verplaats een hand naar haar rug. Met mijn vingers in haar nek trek ik haar hoofd naar me toe en kus haar, daarbij haar geschrokken zucht dempend. Ze smaakt naar aardbeien en zichzelf. Haar tong krult zich voorzichtig rond de mijne als ik haar dieper kus. Ik druk haar dichter tegen me aan, wil haar dichterbij hebben, maar onze kleren zitten in de weg.

Ongeduldig stop ik even met haar kussen om mijn handen naar de onderkant van haar topje te laten glijden. Met een soepele beweging trek ik het uit en ontbloot haar prachtige borsten – die zij onmiddellijk met haar handen bedekt.

'Lucas, wacht.' Yulia werpt een nerveuze blik achter ons. 'Wat als...'

'Niemand zal ons hier storen.' Ik reik naar haar korte broek. 'We zijn te ver van het pad af.'

'Maar de bewakers...'

'De dichtstbijzijnde wachttorens zijn te ver weg om ons hier te zien.' Ik trek de rits van haar korte broek naar beneden en rol om, zodat ze uitgestrekt op het gras komt te liggen. Terwijl ik haar broek omlaag trek, voeg ik daar met een duistere glimlach aan toe: 'We zijn helemaal alleen, schoonheid.'

Ik trek mijn eigen kleren uit en Yulia kijkt met een gepijnigde, bijna gekwelde uitdrukking toe. Ik weet niet of ze vindt dat ze hem verraadt door mij te willen, maar ik laat het er niet bij zitten. Zodra ik naakt ben, bedek ik haar met mijn lichaam en duw mijn knieën tussen haar benen om ze open te spreiden.

'Kijk me aan,' beveel ik als ze probeert haar ogen te sluiten en haar gezicht weg te draaien. Ik steun op mijn ellebogen, pak haar gezicht tussen mijn handen en herhaal: 'Kijk me aan, Yulia.' Haar kutje is minder dan een centimeter van mijn eikel verwijderd en de begeerte begint mijn hersenen te vertroebelen. Maar voordat ik haar kan nemen, heb ik iets van haar nodig.

Ik moet weten dat ze van mij is.

Yulia opent haar ogen en ik zie tranen opwellen. Ze knippert snel alsof ze ze probeert terug te dringen, maar ze blijven komen, strepen op haar gezicht vormend als ze naar haar slapen biggelen. Bij die aanblik knijpt iets in mij samen; een vreemde pijn ontwaakt diep in mijn borst.

'Niet doen,' fluister ik, en ik leun naar beneden om het vocht weg te kussen. 'Dat hoeft niet, lieverd. Het is goed. Alles komt goed.' Het zilte vocht op mijn lippen verergert de pijn in mijn binnenste. 'Niet huilen. Alles is goed. Ik zal voor je zorgen.'

Haar tranen stoppen niet – ze blijven gewoon komen – maar ik kan mezelf niet bedwingen. De honger in mij baant zich als een demon een weg omhoog. Ik bedek haar mond met een diepe kus en stoot in haar. Haar gladde binnenste omsluit me en knijpt dan zo stevig samen dat er een rilling van genot door me heengaat.

Ze verstrakt onder me en uit haar keel komt een rauw gepijnigd geluid, maar ik stop niet. Dat kan ik niet. De noodzaak om haar te bezitten is krachtig en primitief, een instinct geboren in de oertijd. Ze is voor mij gemaakt, dit prachtige, gebroken meisje. Ze was voorbestemd de mijne te zijn. Terwijl ik haar blijf kussen, stoot ik opnieuw bij haar naar binnen, zo diep als ik kan. En dan, eindelijk, voel ik haar handen op mijn rug als ze me omhelst en me vasthoudt.

Mij net zo aan haar bindend als ik haar aan mij heb gebonden.

III

DE SCHEIDING

ulia

In de vier dagen erna ontwikkelen we een nieuwe routine. Wanneer ik niet vastgebonden zit, kook ik, eten we samen en gaan we 's ochtends wandelen in het bos. Daarnaast vrijen we. Vaak. Het is alsof de wetenschap dat we binnenkort van elkaar gescheiden worden Lucas nog sterker naar me laat verlangen. Hij neemt me overal: de slaapkamer, de keuken, tegen een boom in het bos, en zo vaak dat ik elke avond pijn heb... Fysiek van de vele seks en mentaal omdat ik het met de vijand doe.

Om precies te zijn: omdat ik geniet van het met de vijand doen. Wat ik mezelf ook voorhoud en hoezeer ik hem ook probeer te weerstaan, al mijn plannen gaan in rook op zodra Lucas me aanraakt. Misschien zou het anders zijn als hij me opnieuw pijn zou doen, maar dat doet hij niet. Zijn passie is intens en soms haast gewelddadig, maar er zit geen woede of kwade wil achter. En vaak – veel te vaak voor mijn gemoedsrust – is er ook tederheid in hem te bespeuren.

Het lijkt erop dat hij om me begint te geven, dat hij meer van me wil dan alleen seks.

Daar probeer ik niet aan te denken. Niet aan zijn plannen en niet aan de zenders die hij bij me wil laten aanbrengen, zodat ik aan hem gebonden ben terwijl hij alles vernietigt waar ik om geef. Lucas zegt niet veel over UUR, maar uit wat hij zich wel laat ontvallen, kan ik ontrafelen dat hij een aantal hackers erop heeft gezet. Misschien laat zijn zoektocht alarmbellen afgaan bij de organisatie en hebben ze tijd om zich in veiligheid te brengen, maar dat is totaal niet zeker. Obenko heeft nog nooit te maken gehad met zo'n machtige en meedogenloze vijand als de Esguerra-organisatie. Het is daarom goed mogelijk dat ze te sterk voor hem zijn.

Als Lucas en zijn baas Al-Quadar klein konden krijgen, is het slechts een kwestie van tijd voor ze mijn organisatie hetzelfde aandoen. Ik moet ontsnappen, of hen op z'n minst een bericht sturen omtrent hetgeen ze te wachten staat, maar Lucas bewaakt zijn telefoon en laptop even scherp als zijn wapens. Misschien kan ik een keer zijn kantoor in sluipen en het wachtwoord van zijn computer kraken, maar die kans is klein.

Er is nog maar één manier om Misha te redden.

Ik moet Lucas over hem vertellen.

Het is een angstaanjagende stap om te zetten. Ik vertrouw mijn cipier niet – hij heeft al eerder bewezen mijn zwaktes tegen me te gebruiken – maar ik zie geen andere mogelijkheid. Als ik zwijg, is Misha ten dode opgeschreven. Ik weet dat ik Lucas niet kan afbrengen van zijn wraak op UUR, maar misschien wil hij zijn invloed bij Esguerra gebruiken om mijn broertje te sparen.

Misha moet zijn gewone leven sowieso opgeven, maar ik kan hem misschien wel redden.

Voor ik Lucas echter benader met mijn verzoek, wil ik de breuk tussen ons herstellen. Ik wil dat het tussen ons weer is zoals het was vóór hij me brak. Uiteraard ga ik subtiel te werk om hem niet achterdochtig te maken, maar tegen de avond, na onze eerste wandeling, antwoord ik weer in volledige zinnen. De volgende dag doe ik net of er niets gebeurd is. Ik pijp hem in de douche, vraag hem wat hij wil eten en praat met hem over de boeken die ik lees. Ik vertel hem zelfs over mijn rampzalige eerste balletles, toen de lerares tegenover de hele klas aankondigde dat ik de hals van een struisvogel heb – waardoor ik dus nog jaren 'struisvogel' werd genoemd.

Lucas moet om dat verhaal lachen. Zijn lichte ogen vertonen lachrimpeltjes en ik lach terug, een moment lang vergetend dat hij mijn vijand is en dat dit allemaal toneelspel is. Het is verbluffend eenvoudig om voor mijn eigen acteerwerk te vallen. Zolang ik niet aan Misha's dreigende lot denk, geniet ik oprecht van Lucas' gezelschap. Voor zo'n harde man is mijn cipier een verrassend goede gesprekspartner: attent en intelligent, zonder arrogant te zijn. Hoewel Lucas nooit gestudeerd heeft, is hij goed onderlegd in meerdere onderwerpen en kan hij een intelligent gesprek voeren over allerlei zaken, van wereldpolitiek tot aandelen tot hypermoderne ontwikkelingen in de wetenschap en techniek.

'Hoe kom je aan al die kennis over investeren?' vraag ik tijdens een wandeling, als het gesprek op een boek over financieel beheer komt, dat ik aan het lezen ben. Nassim Talebs *De zwarte zwaan* is een sterk geschreven kritiek op het risicomanagement in de financiële industrie. Verrassend genoeg blijkt het ook een van Lucas' favoriete nonfictiewerken te zijn.

'Allebei mijn ouders zijn bedrijfsjurist op Wall Street,' zegt hij. 'Ik ben opgegroeid met CNBC op de televisie. Toen ik twaalf werd, opende mijn vader een aandelenrekening voor me. Het zit me zeg maar in het bloed.'

'O.' Ik blijf staan en staar hem gefascineerd aan. 'Investeer je nu nog steeds?'

Lucas knikt. 'Ik heb een aanzienlijk portfolio opgebouwd. Zelf heb ik geen tijd om het te beheren, maar daar heb ik een goede manager voor ingehuurd. Hij beheert ook Esguerra's aandelen. Als ik in Chicago ben, ga ik vast even bij hem langs.'

'Ik begrijp het.' Ik heb geen idee waarom dit me verrast. Het is logisch. Lucas' achtergrond stond in dat dossier. Waarschijnlijk dacht ik dat hij zijn hele opvoeding achter zich had gelaten, maar ik had beter moeten weten – zeker na het zien van al die boeken in zijn kantoor.

'Heb je nog contact met ze?' vraag ik. 'Je ouders, bedoel ik.'

'Nee.' Lucas' uitdrukking wordt gesloten. 'Dat heb ik niet.'

Dat stond ook in het dossier, maar ik vroeg me af of het slechts een voorwendsel was om zijn familie te beschermen. Zo te zien is dat niet het geval. Eigenlijk wil ik doorvragen, maar ik wil niet bemoeizuchtig zijn. Ik moet in een goed blaadje bij hem komen. De rest van de wandeling laat ik Lucas het gesprek bepalen. Als we weer bij de vijver zijn, laat ik me op mijn knieën zakken om hem met al mijn vaardigheden een geweldige pijpbeurt te bezorgen.

Zijn geluk heeft op dit moment de hoogste prioriteit voor me.

Ik besluit Lucas een dag voor zijn vertrek over Misha te vertellen. Inmiddels weet ik wat Lucas' lievelingseten is, dus maak ik dat klaar als lunch: gebraden kip met aardappelpuree en appeltaart als toetje. Daarnaast borstel ik mijn haar tot het glad en glanzend is en trek ik het korte witte zomerjurkje aan dat hij me heeft geven – de mooiste kleding die ik nu heb. Als we aan tafel gaan, zie ik Lucas me met zijn ogen verslinden en ik weet dat ik hem hiermee in elk geval genoegen heb gedaan.

Nu is het tijd om te zien in hoeverre hij me een warm hart toedraagt.

Tijdens het eten probeer ik te bedenken wanneer ik het onderwerp moet aansnijden. Voor of na het toetje? Wanneer zou hij tevredener zijn? Moet ik hem zijn kip laten opeten of kan ik er nu al over beginnen? Terwijl ik daarover nadenk, zegt Lucas terloops: 'Ik heb laatst wat onderzoek gedaan naar je geboortestad, Donetsk. Klopt het dat de meeste mensen daar van origine Russisch spreken in plaats van Oekraïens?'

Opgelucht slaak ik een zucht. Dit is een prima inleiding tot het onderwerp. 'Ja, dat klopt,' zeg ik met een glimlach. 'Mijn familie sprak thuis Russisch. Ik heb op school Oekraïens geleerd, maar mijn Engels is beter dan mijn Oekraïens.'

Lucas knikt alsof ik zijn vermoeden bevestigd heb. 'Daarom kwamen ze naar je weeshuis, hè? Omdat de kinderen daar al een van de talen spraken die ze nodig hadden?'

Het kost me ontzettend veel moeite om te blijven glimlachen. Door de herinnering aan het weeshuis en de UUR vergaat me de eetlust, hoewel we steeds dichter bij het onderwerp komen waar ik het over wil hebben. Ik schuif mijn nog halfvolle bord opzij en zeg zo kalm als ik kan: 'Ja. En ik was een goede kandidaat omdat ik ook Engels sprak.'

'En omdat je mooi bent.' Lucas' blik wordt onverwacht kil. 'Vergeet dat ook niet.'

Ik raap mijn moed bijeen. 'Misschien,' zeg ik voorzichtig. 'Maar ze zijn niet allemaal slecht. Om precies te zijn...'

Lucas steekt een hand op. 'Stop maar, Yulia. Ik weet al wat je gaat zeggen.'

Verbluft staar ik hem aan. 'Is dat zo?'

'Je wilt dat ik een van hen spaar, toch?' Lucas' ogen staan opnieuw ijskoud. 'Dat is waar dit allemaal om gaat, toch?' Hij gebaart naar de tafel. 'De jurk, het eten, die glimlachjes. 'Denk je dat ik je niet doorzie?'

Ik slik. Mijn hart begint te bonzen. 'Lucas, ik wilde...'

'Niet doen.' Zijn stem is even kil als zijn blik. 'Verneder jezelf niet. Dat zal niet werken. Het is niet aan mij.'

Mijn maag draait zich om. 'Hoe bedoel je?'

'Esguerra zal het nooit toestaan en ik ga de gunst die hij me schuldig is, hier niet voor gebruiken.'

Als ik opsta, draait de wereld om me heen. 'Maar...'

'Er is niets meer te zeggen.' Lucas staat ook op. Zijn uitdrukking is onverbiddelijk. 'Het enige lid van UUR dat gespaard wordt, ben jij.'

Mijn schok slaat om in kille angst en ik loop om de tafel heen. Dit meent hij toch niet? 'Lucas, alsjeblieft. Je begrijpt het niet. Hij is onschuldig. Hij heeft hier niets mee te maken.' Ik grijp wanhopig zijn hand. 'Alsjeblieft. Ik zal alles doen als je hem wilt sparen. Hij is maar één persoon. Je hoeft hem alleen te laten leven...'

Lucas trekt zijn hand los en smoort zo mijn smeekbede. 'Ik zei het toch. Er is niets dat ik kan doen.'

Er is geen greintje mededogen of medeleven op het gezicht van mijn cipier te zien. 'Esguerra beslist dit soort zaken, ik niet. Je hebt dikke, vette pech, schoonheid.'

Bloed bonst in mijn oren en de randen van mijn blikveld worden zwart. 'Alsjeblieft, Lucas...' Ik reik opnieuw naar zijn hand, maar hij pakt mijn arm en duwt hem weg zodat ik hem niet kan aanraken.

'Smeek verdomme niet voor hem.' Zijn greep om mijn pols wordt pijnlijk als Lucas me naar zich toe trekt. Ik zie een withete woede in die ijzige diepten van zijn blik. 'Je hebt geluk dat je zelf nog leeft. Begrijp je dat verdomme wel? Als je niet zo'n lekker neukertje was...' Hij zwijgt, maar het is al te laat.

De boodschap is luid en duidelijk aangekomen; de fragiele restjes van mijn fantasieën vallen uiteen.

ucas

YULIA STAART ME MET GROTE OGEN AAN. HAAR SLANKE pols bevindt zich in mijn greep. Ze ziet eruit alsof ik haar hart hebt vermorzeld. Iets van spijt dringt door de brandende, woedende hitte in mijn binnenste heen.

Ik laat haar pols los en zeg op kalmere toon: 'Yulia, ik wilde niet...'

'Waarom doe je het nu meteen niet?' Haar blik houdt de mijne vast als ze achteruit stapt. 'Ga je gang, dood me. Dat ga je toch doen. Als ik niet langer zo'n "lekker neukertje" ben, toch?'

'Nee, natuurlijk niet.' Mijn woede keert in volle hevigheid terug; maar in dit geval is hij tegen mezelf gericht. 'Ik zei het toch: bij mij ben je veilig.'

'Niet als je baas me dood wil hebben.' Haar mond vertrekt. 'Dat is toch wat je net zei?'

'Zo bedoelde ik het niet.' Ik zou mezelf wel willen wurgen. Esguerra leek een goed excuus om haar ervan te weerhouden om het leven van haar geliefde te smeken, maar ik had moeten beseffen hoe Yulia mijn woorden zou interpreteren. 'Ik heb beloofd dat ik je zal beschermen en die belofte houd ik.'

'Waarom kun je hém dan niet beschermen?' Met een blik vol wanhoop loopt ze op me af. 'Lucas, alsjeblieft. Hij is een onschuldig...'

'Stop.' Ik wil haar niet om zijn leven horen smeken. 'Ik geef geen zier om zijn schuld of onschuld. Eén persoon, dat zei ik. Dat is onze overeenkomst.'

Ik verwacht dat Yulia inbindt en haar verlies neemt, maar in plaats daarvan heft ze haar kin. Haar blauwe ogen gloeien als kooltjes in haar lijkwitte gezicht. 'Spaar hem dan. Ik wil dat Misha die ene persoon is, niet ik.'

Misha. Die naam sla ik op, ook al trekt mijn borst samen in een nieuwe vlaag van woede.

Ze wil voor hem sterven, voor die zwakkeling van een geliefde.

'Wat jij wilt, doet er niet toe.' De woorden zijn even giftig als de jaloezie die door mijn borst snijdt. 'Ik beslis wie blijft leven, niet jij.'

Ze reageert alsof ik haar heb geslagen. Met trillende lippen deinst ze achteruit, haar armen om haar middel geslagen.

'Yulia.' Haar pijn is mijn pijn, dus ik loop naar haar

toe. Maar ze wendt zich af. Ik wil een hand op haar schouder leggen, maar daar zie ik toch vanaf. Niets wat ik doe, zal haar helpen, behalve dat ene – dat wat ik haar niet ga beloven.

Ik wil dat die Misha eraan gaat en zij zal me niet zover krijgen dat ik zijn leven spaar.

Daarom laat ik mijn hand zakken, stap achteruit en neem Yulia's gespannen silhouet in me op. Mijn gevangene ziet er vandaag nog mooier uit dan normaal. Die korte, witte jurk staat haar heel erg goed. Haar haren dansen als een gladde waterval over haar rug en ze ziet eruit als de vleesgeworden verleiding – maar dat is expres.

Net als al Yulia's andere daden de afgelopen dagen, is ook dit een poging om haar geliefde te redden.

Die gedachte vervult me met een bittere woede. Ik wend me af, pak de restanten van het eten en doe de afwas in een poging af te koelen. Yulia blijft bij het raam staan. Als ik weer naar haar toe loop, zie ik dat ze nog steeds lijkbleek is. Haar blik is nietsziend en in de verte gericht.

Eigenlijk wil ik niets liever dan haar troosten. Maar dat is belachelijk, dus pak ik haar arm. 'Kom mee.' Mijn stem is zacht. 'Ik moet je weer vastbinden.'

Met mijn hand strak om haar arm neem ik Yulia mee naar de bibliotheek.

Ze zegt niets terwijl ik haar aan de fauteuil

VASTBIND, er intussen voor zorgend dat de touwen haar huid niet bezeren. Als ik klaar ben, kijk ik haar aan. 'Welk boek wil je lezen?'

Ze zegt niets en kijkt naar beneden.

'Yulia. Ik vraag je wat, verdomme.'

Ze kijkt me aan met een blik die dof is van de pijn.

'Wat wil je lezen?' herhaal ik. 'Welk boek?'

Ze kijkt weg, maar ik vang nog wel een zweem van tranen in haar ogen op.

Verdomme.

'Goed, dan zoek je het maar uit.' Ik pak zomaar een thriller van de plank en leg hem op haar schoot. 'Ik ben voor het avondeten terug.'

Yulia geeft op geen enkele manier blijk dat ze me gehoord heeft en ik loop weg voor de smeulende woede in mijn binnenste het kookpunt bereikt.

*Y*ulia

Ik geef geen zier om zijn schuld of onschuld. Het is niet aan mij. Als je niet zo'n lekker neukertje was...

Lucas' woorden echoën door mijn geest, als een perverse grammofoonplaat die vastgelopen is. Hij was zo kil, zo wreed. Het was alsof de afgelopen twee weken nooit hebben plaatsgevonden – alsof onze tijd samen niets voor hem betekend heeft.

Het voelt alsof mijn hart aan scherven is getrapt en de pijn is zo intens dat ik er volkomen door overweldigd word. Door oppervlakkig adem te halen probeer ik de pijn te bedwingen, maar hij neemt alleen maar toe en dringt steeds dieper in mijn borst door.

Ik heb gefaald. Ik heb mijn broertje gefaald. Alles

wat ik heb gedaan vanaf het moment dat Obenko me in het weeshuis benaderde, was voor Misha, en nu is het allemaal voor niets geweest.

Ik had mijn hoop gevestigd op een man die een meedogenloos monster blijkt te zijn – en ik ben een goedgelovige dwaas.

Verneder jezelf niet. Dat zal niet werken.

Lucas moet het geweten hebben van mijn broertje. Hij moet geweten hebben dat ik hem ging vragen Misha's leven te sparen. Blijkbaar wist hij de afgelopen dagen allang dat ik hem milder probeerde te stemmen, en hij liet me gewoon begaan.

Hij nam alles wat ik te geven had en stak me toen het mes door het hart.

Een bitter lachje welt in me op als ik de genialiteit van zijn sadistische plan doorzie. Ik moet toegeven dat Lucas Kents wraak werkelijk uitzonderlijk is. Geen enkele vorm van fysieke marteling zou me zoveel pijn hebben gedaan als zijn botte weigering mijn broertje te redden.

Mijn lach gaat over in een snik en ik pers mijn lippen opeen om die binnen te houden. Zelfs in mijn eigen oren klinkt het geluid hysterisch, om niet te zeggen knettergek. Blijkbaar had de therapeut van de organisatie gelijk. Ik ben niet geschikt voor dit werk. Ik ben niet zoals Lucas of Obenko.

Het is duidelijk dat ik niet in staat ben me goed genoeg af te sluiten.

'Je loyaliteit ten opzichte van je broertje is lovenswaardig, maar tegelijkertijd ook je grootste zwakte,' zei Obenko een paar maanden na het begin van mijn training. 'Je klampt je aan Misha vast omdat hij een deel van je verleden is, maar je hebt niet langer een verleden. Je hebt geen familie meer. Dat moet je accepteren – anders houd je dit leven niet vol. Soms zul je dicht bij mensen moeten komen zonder ze dicht bij jou te laten komen. Je moet je emoties kunnen beheersen. Denk je dat je daartoe in staat bent?'

'Natuurlijk,' antwoordde ik vlug, bang dat hij me uit het programma zou zetten en mijn broertje terug zou sturen naar het weeshuis. 'Ik houd van Misha, maar dat betekent niet dat ik me aan iemand zou hechten.'

En ik heb zo hard gewerkt om dat te bewijzen. Ik was vriendelijk tegen de andere rekruten, maar vrienden maakte ik niet. De instructeurs behandelde ik hetzelfde. Ik hield emotioneel afstand van iedereen. Het trauma van het incident met Kirill verwerkte ik in mijn eentje.

Ik was zo'n goede, ijverige leerling dat Obenko me al na minder dan een jaar na Kirills verkrachting die opdracht in Moskou gaf.

Opnieuw rijst een snikkend geluid in me op. Hoewel ik het hysterische geluid weet binnen te houden, zijn de tranen die over mijn wangen stromen niet tegen te houden. Ik dacht dat ik goed was in mijn werk. Glimlachen en flirten met de mij toegewezen minnaars was geen probleem – en ik viel nooit voor ze. Zelfs ten opzichte van Vladimir, die me leerde genieten van seks, bleef ik koel en afstandelijk. Niemand deed ertoe, behalve mijn broertje.

Niemand, tot Lucas.

In een poging om dichter bij mijn cipier te komen, heb ik mezelf te ver opengesteld. De controle over mijn emoties kwijtgeraakt. Ik heb een meedogenloze, verraderlijke man te dichtbij laten komen en daar heeft hij gebruik van gemaakt door de wreedste straf ooit uit te delen.

Hij ontdekte de ultieme manier om me te verwoesten.

ucas

IK HEB ONGELOFELIJK VEEL TE DOEN VOOR ONS VERTREK MORGENOCHTEND, maar ik ga eerst naar de sportschool. Mijn gedachten worden volledig in beslag genomen door Yulia en de pijn in haar blik, dus ik kan me nergens op concentreren.

Terwijl ik de zandzak afransel, probeer ik de beelden van haar afstandelijke, verwonde houding in die leunstoel van me af te zetten. Ze keek me aan alsof ik haar verraden had – alsof ik haar onmetelijk had gekwetst.

De zak zwaait van links naar rechts als ik mijn vuisten erop neer laat komen. Het idee dat zij zich verraden voelt door mij bezorgt me heel veel zin om iemand tot moes te slaan. Wat verwachte ze verdomme dan? Dat ik haar geliefde zou redden omdat ze me een paar keer heeft gepijpt? Dat ik haar verlangen het leven van die Misha te redden niet in twijfel zou trekken?

Ze noemde hem onschuldig. Alsof mij dat wat uitmaakt! Wat mij betreft dient die vent alleen al te sterven omdat hij met zijn tengels aan haar heeft gezeten. En aangezien hij ook nog bij UUR hoort, mag hij blij zijn als ik hem snel dood.

'Lucas. Hé, man. Bijna klaar?'

Diego's vraag onderbreekt mijn gedachteloze rampartij. Ik veeg het zweet van mijn voorhoofd en wend me tot de jonge Mexicaan achter me. Hij heeft zijn handschoenen al aan. Achter hem staan meer bewakers te wachten.

Afgaande op hun blikken en het pijnlijke bonzen van mijn knokkels, ben ik al een behoorlijke tijd mijn woede aan het afreageren.

'Jouw beurt.' Ik dwing mezelf bij de zandzak weg te lopen. 'Ga je gang.'

Als ik de sportzaal uitloop, overweeg ik naar huis te gaan en te gaan douchen, maar ik ben nog niet genoeg gekalmeerd om Yulia onder ogen te kunnen komen. Daarom loop ik naar Esguerra's landhuis om de badkamer bij het zwembad te gebruiken. Hij heeft daar ook een stapel T-shirts liggen voor het geval hij te maken krijgt met een nogal bloederig zaakje, dus leen ik er eentje.

Als ik na het douchen mijn korte broek en het schone T-shirt aantrek, vang ik een glimp op van een bekende donkerharige figuur, die zich het huis binnen haast.

Rosa.

Ik was het dienstmeisje bijna vergeten. Sinds ons gesprek in Esguerra's keuken heb ik haar niet meer gezien, dus ze moet mijn woorden ter harte hebben genomen. Hopelijk heb ik het meisje niet al te zeer gekwetst – maar tegelijkertijd was dat niet te voorkomen. Ik wil niet dat ze rond Yulia rondhangt.

Nu ik iets gekalmeerd ben na mijn harde work–out ga ik naar Esguerra's kantoor om een telefoongesprek met de Israëlische geheime dienst bij te wonen.

Twee uur lang bespreken we de laatste ontwikkelingen in Syrië en de rest van het Midden–Oosten met de Mossad. Als het gesprek afgerond is, overweeg ik Esguerra te vertellen wat ik tot dusver over UUR te weten ben gekomen, maar voor mijn gevoel is dit niet het juiste moment. Ik praat hem wel bij over Yulia en haar organisatie als we terug zijn uit Chicago. Tegen die tijd heb ik waarschijnlijk ook concretere informatie, omdat de hackers dan de gecodeerde data van de Oekraïense overheid hebben kunnen ontrafelen.

Wel bespreek ik met Esguerra de laatste logistiek voor onze reis morgen.

'Nadat we geland zijn, gaan we meteen naar het huis van Nora's ouders,' zegt Esguerra. 'Ze willen haar meteen zien, ook als dat inhoudt dat we pas laat dineren.'

Ik vind de hele reis nog steeds waanzin, maar hij vindt toch plaats. Daarom zeg ik alleen: 'Goed. Ik zal de bewaking instrueren zodat iedereen waar ze aan toe zijn.'

'Mooi.' Esguerra zwijgt even. 'Je weet dat Rosa meegaat, toch?'

Eigenlijk niet, nee. 'O, ja? Waarom?'

'Nora wil haar gezelschap niet missen.'

'Oké.' Dat verandert niets aan de hele zaak. Of toch... 'Moet ik extra mannen meenemen om haar ook te bewaken of blijft ze het grootste deel van de tijd bij Nora en jou in de buurt?'

'Ze blijft bij ons.' Esguerra lijkt lichtelijk geamuseerd. 'Goed, dan is alles geregeld. Ik zie je morgen in het vliegtuig.'

'Tot morgen,' groet ik hem. Dan loop ik naar de barakken om met Diego en Eduardo te overleggen – de mannen die Yulia zullen bewaken terwijl ik afwezig ben.

'Nog een keer,' zeg ik tegen Eduardo nadat ik hem en Diego een volledige lijst instructies heb gegeven. 'Hoe vaak ga je naar mijn huis om haar naar het toilet te laten gaan en haar benen te laten strekken?'

De Colombiaan rolt met zijn ogen. 'Drie keer,

tussen de maaltijden door, waarbij ze ook vrij is. We kunnen dit echt wel, Kent. Beloofd.'

'En als ze probeert te ontsnappen?'

'Dan sluiten we haar op, maar we verwonden haar niet,' zegt Diego met een geamuseerde trek om zijn mond. 'Kalm aan, man. We hebben het echt wel begrepen. We raken haar niet aan, tenzij we moeten voorkomen dat ze ergens anders heen gaat. Ze heeft boeken om te lezen en mag televisie kijken en één keer per dag ga ik met haar wandelen.'

'En we zwijgen als het graf erover,' echoot Eduardo mijn woorden. 'Van ons hoort niemand iets over je spionnenprinses.'

'Mooi.' Ik kijk ze streng aan. 'En qua eten?'

'Ze krijgt ingrediënten uit het landhuis, die ze zelf klaarmaakt,' zegt Diego. Hij grijnst nu openlijk. 'Ze wordt de best gevoede en best vermaakte gevangene ooit.'

Ik negeer die flauwe grap. 'En 's nachts?'

'Dan boei ik haar met een pols aan de metalen paal naast het bed,' zegt Eduardo. 'Maar ik raak haar verder niet aan. Ik zal haar behandelen als een zak aardappelen – maar dan een heel belangrijke,' voegt hij daar snel aan toe als mijn ene hand zich tot een vuist balt. 'Echt, Kent, grapje. We zullen goed voor je meisje zorgen. Je weet toch dat je ons kunt vertrouwen?'

Dat weet ik inderdaad. Daarom heb ik ze voor deze klus uitgekozen. Beide bewakers werken hier al twee jaar en allebei hebben ze bewezen loyaal te zijn. Ze mogen misschien om mijn opdracht lachen, maar ze zullen hem wel uitvoeren.

Bij hen is Yulia veilig.

'Goed,' zeg ik knikkend. 'Dan zie ik jullie morgenochtend. Zorg dat jullie stipt om 9.00 uur bij mijn huis zijn.'

Ik laat de barakken achter me en ga naar het sportveld om de nieuwe rekruten in ogenschouw te nemen.

 *ulia*

IK WEET NIET PRECIES HOEVEEL TIJD ER VERSTRIJKT VOOR IK MIJN TRANEN ONDER CONTROLE KRIJG, maar tegen de tijd dat ik het boek opensla dat Lucas voor me heeft neergelegd, is het buiten al aan het schemeren. De woorden op de pagina worden scherp en weer wazig. Hoe ik ook staar, alle letters lopen in elkaar over.

Ik heb mijn broertje gefaald. Door mij zal hij gedood worden.

Ik probeer me op het boek te concentreren en die afschuwelijke wetenschap weg te duwen, maar het lukt me niet. Oude herinneringen wellen op en ik sluit mijn ogen als ik te moe word om ze nog langer te negeren.

'*Pas alsjeblieft goed op je broertje,*' *zegt mijn moeder. Haar blauwe ogen staan bezorgd.* '*Kijk even bij hem voor je gaat slapen, goed? Hij leek een beetje warm daarstraks, dus bel ons als hij koortsig lijkt. En je doet de deur alleen open voor mensen die je kent.*'

'*Dat zal ik doen, mam. Ik weet precies wat ik moet doen.*' *Ik mag dan pas tien jaar zijn, maar dit is niet de eerste keer dat ik op Misha moet passen omdat mijn ouders snel naar mijn zieke opa moeten.* '*Ik zal goed voor hem zorgen, dat beloof ik.*'

Als mama me op mijn voorhoofd kust, dringt haar bloemige parfum mijn neusgaten binnen. '*Dat weet ik,*' *prevelt ze als ze achteruit stapt.* '*Je bent mijn geweldige grote meisje.*' *Haar gezicht staat strak van de zorgen, maar haar glimlach is warm.* '*Zodra je opa weer wat stabieler is, komen we weer naar huis.*'

'*Dat weet ik, mam.*' *Ik glimlach terug, nog niet beseffend dat mijn leven op het punt staat onherroepelijk te veranderen.* '*Ga maar naar opa. Ik pas op Misha, beloofd.*'

En dat is precies wat ik probeerde te doen. Toen de agenten de volgende ochtend naar ons appartement kwamen, liet ik ze pas binnen toen ze me foto's lieten zien van de lichamen van mijn ouders, gebroken en bebloed opgebaard in het lijkenhuis. Ik stond erop dat mijn broertje bij me bleef toen Jeugdzorg ons uit elkaar wilde halen omdat ze vonden dat een tweejarige de begrafenis van zijn ouders niet hoorde bij te wonen. En toen Vasiliy Obenko me benaderde, een jaar later in het weeshuis, aarzelde ik niet zijn aanbod aan te nemen. Misha werd geadopteerd door zijn zus en haar man, mits ik voor de organisatie kwam werken.

Ik vertelde het hoofd van UUR dat ik alles zou doen om mijn broertje een normaal, gelukkig leven te bezorgen.

Ik doe mijn ogen open en probeer me opnieuw op het boek te concentreren, maar een beweging in de periferie van mijn zicht trekt mijn aandacht. Geschrokken kijk ik op. Een donkerharige jonge vrouw is in het midden van Lucas' bibliotheek komen staan.

Rosa. Mijn polsslag schiet omhoog.

'Wat doe jij hier? Hoe ben je binnengekomen?' Ik kan de lichte paniek niet uit mijn stem weren. Mijn handen zijn geboeid en mijn benen zitten met dikke touwen aan de fauteuil gebonden. Als ze me kwaad wil doen, kan ik daar niets tegen beginnen.

Rosa steekt een sleutelbos omhoog. 'In het grote huis hangt een bos lopers voor ieder gebouw op het landgoed, ook de privéhuizen.'

Ik zie geen wapens en dat stelt me wat gerust. 'Oké, maar wat kom je hier doen?' vraag ik wat kalmer.

'Ik wilde je zien,' zegt ze. 'Morgen gaan we twee weken weg. We gaan naar Chicago, op bezoek bij Nora's familie.'

'Nora's familie?'

'Señor Esguerra's vrouw,' verklaart Rosa.

Ik frons vol verwarring. Ineens herinner ik me dat Nora de naam is van het Amerikaanse meisje dat Esguerra ontvoerd heeft en gedwongen heeft met hem te trouwen. Lucas heeft niets gezegd over de reden voor de reis, dus had ik aangenomen dat het een zakenreis was. Ik wist niet dat Lucas' sadistische baas blijkbaar een relatie heeft met zijn schoonouders.

'Maar goed,' gaat Rosa verder, 'ik wilde je in levenden lijve zien voor ik vertrek.'

Ik voel me alleen nog maar verwarder. 'Waarom?'

Rosa loopt op me af. 'Omdat ik denk dat je hier niet hoort.' Ze heeft haar handen ineen gevouwen voor haar zwarte jurk. 'Omdat dit niet juist is.'

'Wat niet?' Wil ze liever dat ik opgehangen wordt in een of ander martelschuurtje, zoals ze vorige keer impliceerde?

'Jij. Dit alles.' Haar bruine ogen nemen me kalm op. 'Het is niet terecht dat Lucas je hier zo vasthoudt. En ook niet dat hij je in de handen van Diego en Eduardo achterlaat. Het zijn allebei prima gasten. Ze pokeren graag.'

'Pokeren?' Ik ben het echt helemaal kwijt nu.

Rosa knikt. 'Ze spelen poker met de bewakers van Toren Noord Twee. Elke donderdagmiddag, van twee tot zes.'

'Is dat zo?' Mijn hartslag schiet opnieuw omhoog. Bedoelt Rosa wat ik denk dat ze bedoelt?

'Dat klopt,' zegt ze kalm. 'Het maakt niet echt uit, omdat drones de randen van het landgoed bewaken en er overal hitte- en bewegingsmelders hangen. Alles dat de rand van het landgoed vanuit de jungle nadert, hoe groot of klein ook, wordt gescand en onderzocht door onze beveiligingssoftware. De bewakers krijgen een melding als de computer iets afwijkends ziet.'

Mijn polsslag is nu een razend drumsalvo. 'Ik begrijp het.' Vanuit de jungle, zei ze. Dat betekent dat de computer de andere richting negeert. 'Hoe ver is het vanaf hier naar de noordelijke grens van het landgoed?'

Rosa aarzelt en ik geef mezelf mentaal een schop voor mijn onbehouwen aanpak. Ze probeert duidelijk net te doen alsof we alleen een praatje maken, zodat alle informatie die ze me toespeelt 'per ongeluk' is.

'Vier kilometer,' zegt ze uiteindelijk, en ik slaak een zucht van opluchting. Gelukkig heb ik haar niet afgeschrikt. 'De grens wordt gevormd door een rivier,' gaat ze verder. Ze laat nu het hele voorwendsel van een praatje vallen. 'Iets verder naar het westen is een brug over de rivier. Die weg loopt helemaal door tot Miraflores. Soms krijgen we leveringen via die kant.' Ze zwijgt even en gaat dan verder: 'De volgende bezorging is donderdagmiddag om 15.00 uur.'

'Donderdag, 15.00 uur,' herhaal ik. Ik kan mijn eigen geluk niet geloven. 'Deze donderdag dus. Overmorgen.'

Ze knikt. 'We krijgen een levering van levensmiddelen.'

'Oké.' Mijn brein racet door alle mogelijke opties heen. 'En...'

'Ik moet gaan,' zegt Rosa. Ze komt nog dichterbij. 'Lucas komt zo terug.' Ze laat een hand over het boek glijden en heel even raakt ze mijn eigen hand aan. 'Tot ziens, Yulia,' zegt ze zacht. Dan draait ze zich om en haast zich de kamer uit.

Verbluft kijk ik naar beneden. Op het boek liggen twee kleine objecten.

Een scheermesje en een haarspeld.

ucas

HET IS AL NA ACHTEN ALS IK THUISKOM. TOT MIJN
opluchting zit Yulia kalm in haar fauteuil te lezen.

'Sorry dat het zo lang duurde.' Ik loop naar de
leunstoel om haar los te maken. 'Je moet uitgehongerd
zijn. En vast heel nodig naar het toilet moeten.'

Als ze me aankijkt, zie ik dat haar ogen rood zijn,
alsof ze gehuild heeft. Ze zegt niets, maar dat
verwachtte ik ook niet. Waarschijnlijk wordt het geen
gezellig diner vanavond.

Ik maak haar los en help haar uit de fauteuil. Ze
verstijft als ze mijn aanraking voelt, maar dat negeer ik.

'Kom. Het is al laat.' Ik breng haar naar de
badkamer, vastbesloten mijn geduld te bewaren.

Ik wacht terwijl ze naar het toilet gaat. Daarna breng ik haar naar de keuken. Eigenlijk had ik gehoopt dat ze zou koken, ondanks dat ze zo verdrietig is, maar ze gaat aan de tafel zitten en staart stil voor zich uit.

'Goed,' zeg ik zonder mijn ergernis te tonen. 'Ga maar zitten als je wilt. Ik maak wel wat restjes warm.'

Ze zegt niets; ze beweegt niet eens in de tijd dat ik de tafel dek en alles klaarmaak. Gelukkig zijn de kip en aardappelpuree van de lunch nog steeds lekker nadat ze in de magnetron zijn opgewarmd.

Gezien Yulia's apathie verwacht ik half dat ze weigert te eten, maar ze neemt meteen een hap zodra het bord voor haar staat.

Haar honger is zo te zien sterker dan haar woede.

We verorberen de kip in stilte; daarna snijd ik een stuk appeltaart voor het toetje. Ik wil een stuk op Yulia's bord leggen, maar tot mijn verrassing zegt ze: 'Voor mij niet, bedankt. Ik heb genoeg gehad.'

'Oké.' Snel verberg ik mijn opluchting dat ze weer tegen me praat. 'Wil je thee?'

Ze knikt en staat op. 'Ik zet hem wel.'

Met die gracieuze, efficiënte bewegingen die me inmiddels zo bekend zijn, zet ze voor ons beiden een kop thee. Als ze er eentje voor me heeft neergezet, gaat ze aan de andere kant van de tafel zitten en blaast op haar thee om die af te koelen. Ik doe hetzelfde voor ik eraan nip. De vloeistof is heet en bitter, maar niet onaangenaam. Ik begrijp bijna waarom Yulia er zo dol op is.

We zeggen niets terwijl we onze thee opdrinken,

maar de stilte voelt niet zo gespannen aan als eerst. Dat geeft me de hoop dat deze avond geen complete ramp wordt.

Na de thee ruim ik de tafel af. Yulia blijft zitten en neemt me met een onleesbare uitdrukking op haar gezicht op. Haat ze me? Zou ze me het liefst met de dichtstbijzijndste vork neersteken? Hoopt ze dat ik nooit meer terugkom van deze reis?

Die gedachte zit me behoorlijk dwars, maar ik duw hem terzijde en neem het aanrecht af. Dan wend ik me tot Yulia. 'Ik heb twee bewakers geregeld om je in de gaten te houden terwijl ik weg ben,' zeg ik. 'Diego en Eduardo. Diego heb je al eens ontmoet – hij is degene die je uit het vliegtuig droeg.'

'Ja, ik herinner me hem wel.' Yulia's stem is zacht en ze staat op. 'Hij leek me fatsoenlijk genoeg.'

'Dat is hij ook – en Eduardo ook.' Ik ga voor haar staan. 'Ze zullen goed voor je zorgen.'

'Bewaken, bedoel je,' zegt ze kalm als ze mijn blik ontmoet.

'Hoe je het ook wilt noemen.' Ik neem een lok van haar haren tussen mijn vingers. 'Ze zullen zorgen dat het je nergens aan ontbreekt.'

Ze knikt en stapt dan achteruit, waardoor haar haren uit mijn vingers glijden. 'Oké.'

'Kom mee.' Ik pak haar bij de pols voor ze buiten mijn bereik is. 'Laten we naar bed gaan. Ik moet vroeg opstaan.'

Ze verstijft, maar zegt niets als ik haar naar de badkamer breng. Ik laat haar even snel douchen – ik heb eerder al gedoucht – en loop dan met haar naar de slaapkamer. Zodra we binnenstappen, zwelt mijn penis op als allerlei erotische beelden in me opdoemen.

Maar ik onderdruk mijn plotselinge lust en blijf naast het bed staan. Dan kijk ik Yulia aan. Ik laat haar pols los en leg mijn handen om haar gezicht, de losse strengen haar met mijn duimen opzij duwend. Ze beweegt niet; ze kijkt me alleen maar stil aan. Haar blauwe ogen zijn groot en vol schaduwen.

'Yulia...' Ik weet niet wat ik tegen haar moet zeggen, hoe ik dit kan herstellen, maar ik moet het proberen. De gedachte dat ik twee weken wegga terwijl dit tussen ons inhangt, is ondraaglijk. 'Het hoeft niet zo te gaan,' zeg ik zacht. 'Het kan... beter zijn.'

Ze knippert, alsof mijn woorden haar verrassen. Dan beginnen haar ogen vochtig te glanzen. 'Waar heb je het over?' fluistert ze. Haar handen vinden een weg naar mijn polsen. 'Dit is toch wat je wilde? Me kwetsen? Me straffen?'

'Nee.' Ik sta haar toe mijn handen van haar gezicht te trekken. 'Nee, Yulia. Ik wil je niet kwetsen, geloof me.'

Haar wenkbrauwen trekken samen en ze laat mijn polsen los. 'Hoe kun je dan...'

'Ik wil het er niet meer over hebben. Het is voorbij. We laten dit achter ons. Begrepen?' De woorden klinken veel harder dan ik ze bedoel en ze krimpt ineen. Snel zet ze een stap achteruit.

Ik haal diep adem. Jaloezie brandt nog altijd hevig in mijn binnenste, maar ik wil niet dat het onze laatste nacht samen verpest. Daarom dwing ik mezelf langzaam en bewust te handelen: eerst trek ik mijn T-shirt uit, waarna ik het op de grond laat vallen. Dan trek ik mijn schoenen uit, evenals mijn korte broek en ondergoed. Yulia kijkt toe. Haar bleke wangen worden roze als haar blik op mijn groeiende erectie valt. Tot mijn opluchting zie ik haar tepels door de witte stof van haar jurk heen.

Ze mag me dan misschien haten, maar ze verlangt nog steeds naar me.

'Kom hier.' Ik kan niet langer wachten en grijp haar bij haar smalle schouders. Ze houdt zich stijf als ik haar naar me toe trek, maar ik zie aan haar keel dat haar polsslag versnelt. Ondanks haar koele houding kan ze me niet weerstaan, en daar ga ik misbruik van maken.

Ik ga er hoe dan ook voor zorgen dat Yulia vanavond niet meer aan haar minnaar denkt.

Ik buig voorover om mijn lippen op haar zachte mond te drukken, maar ze wendt op het laatste moment haar hoofd af, waardoor mijn kus op haar kaak belandt. Ze huivert – en dan draait ze zich uit mijn greep en deinst achteruit. Haar borst gaat hevig op en neer en haar gezicht is rood. Met glanzende ogen staart ze me aan.

'Ik kan niet...' Yulia's stem breekt. 'Ik kan dit niet, Lucas. Niet na...'

'Stop.' Die ongewenste jaloezie keert in volle hevigheid terug en wakkert de woede in mijn binnenste weer aan. Meteen loop ik naar haar toe. 'Ik wil het er niet meer over hebben, zei ik.'

Ze deinst nog verder achteruit. 'Maar...'

'Geen woord meer.' Na nog een stap naar achteren staat ze tegen de kledingkast en ik overbrug de afstand tussen ons, waardoor ze tussen mij en de kast gevangen zit. Ik leg mijn handen aan weerszijden van haar lichaam op de kast en leun naar voren om haar delicate geur op te snuiven. Iedere duistere fantasie die ik ooit heb gehad, welt in me op. Hees fluister ik in haar oor: 'Ik heb er genoeg van. Je bent nu van mij en het is tijd dat je leert wat dat inhoudt.'

ulia

DE VOCHTIGE HITTE VAN LUCAS' ADEM TEGEN MIJN OOR bezorgt me een huivering. Mijn benen drukken zich als vanzelf tegen elkaar om de groeiende hitte ertussen tegen te gaan. Het verraad van mijn lichaam verwart me alleen maar meer. Ik dacht dat ik mezelf er wel toe zou moeten dwingen zijn aanrakingen te verdragen, maar afkeer is wel het laatste wat ik voel.

Ondanks dat ik weet dat hij een harteloos monster is, wil ik Lucas nog steeds.

Zijn mond glijdt over mijn kaak. Ik zit nog altijd gevangen tussen hem en de kast en mijn hartslag versnelt als ik zijn harde, grote penis tegen mijn buik voel drukken. 'Niet doen,' fluister ik. Mijn handen vormen gebalde vuisten langs mijn zijden. Ik voel de warmte van zijn lichaam me omringen, me doordringen en ik word haast misselijk van angst, schaamte en verlangen. 'Laat me alsjeblieft gaan.'

Lucas negeert mijn woorden en brengt zijn rechterhand naar mijn schouder. Hij haakt zijn vingers onder het bandje van mijn jurk en trekt het naar beneden. Zijn mond danst over mijn hals, plagend en knabbelend. Mijn opwinding stijgt als hij zijn hand in het lijfje van mijn jurk laat glijden en met zijn eeltige duim over mijn tepel glijdt.

Hitte zwelt aan in mijn onderbuik, ondanks mijn groeiende zelfhaat. Ik wil dit niet voelen voor mijn wrede cipier. Ik stribbel niet tegen omdat ik mijn aanstaande ontsnapping niet in gevaar wil brengen, maar ik hoor hier niet van te genieten.

Ik mag de man die mijn broertje wil doden niet begeren.

Lucas heft zijn hoofd en kijkt me aan alsof hij mijn gedachten kan lezen. In zijn lichte ogen zie ik lust en nog iets anders: een duistere, intense bezitterigheid.

'Nee, schoonheid,' prevelt hij. Zijn ene hand ligt nog altijd om mijn borst. 'Ik laat je niet gaan.'

Ik wil antwoorden, maar hij perst zijn lippen op de mijne. Zijn linkerhand grijpt mijn nek om me stil te houden en met zijn rechterhand duwt hij de rok van mijn jurk omhoog. In één beweging rukt hij mijn string kapot. Maar ik heb het nauwelijks door; zijn kus is te heftig en eisend om me ergens anders op te kunnen concentreren. Met zijn lippen en tong berooft hij me van mijn adem en het kost me de grootste moeite om te bedenken waarom ik ook alweer niet naar hem mocht verlangen. Wanhopig leg ik mijn handen op de kast om mezelf ervan te weerhouden mijn armen om hem heen te slaan. Het is slechts een kleine overwinning – en geen lang leven beschoren. Met zijn mond nog steeds op de mijne draait Lucas zich om. Ik moet wel meedraaien, en dan duwt hij me langzaam achterwaarts richting het bed.

De achterkant van mijn benen raakt het bed en dan lig ik op mijn rug, mijn jurk omhoog. Lucas buigt zich over me heen. Zijn gezicht staat strak van opwinding; zijn ogen glinsteren. Voor ik me van die kus hersteld heb, duwt hij mijn benen uiteen en knielt voor het bed.

'Alsjeblieft, dit niet.' Ik probeer achteruit te krabbelen, maar Lucas trekt me naar de rand van het bed. Om zijn lippen speelt een ironisch lachje – hij weet waarom ik dit genot niet wil – en dan laat hij zijn hoofd tussen mijn benen zakken om zijn warme, natte tong over mijn spleetje te laten glijden.

Het genot is bijna meedogenloos. Mijn hele lichaam kromt zich als hij zacht en ritmisch aan mijn klit begint te zuigen. Naar adem snakkend probeer ik mijn benen te bewegen om deze erotische marteling te ontvluchten, maar Lucas' greep is niet te breken en zijn ritme houdt aan. Ik voel het vocht van mijn opwinding uit mijn vagina druipen. Mijn tepels verstijven als de druk zich in me opbouwt tot ik het niet meer aankan.

Hij verhoogt zijn tempo tot hij met elke lik ook met zijn lippen in mijn klit knijpt en ik slaak een gesmoorde kreet als ik mijn orgasme niet meer kan tegenhouden. De moordenaar van mijn broertje... De woorden wellen in me op terwijl mijn lichaam begint te schokken.

'Nee, stop.' Zonder erover na te denken, schiet ik overeind en werp me met al mijn kracht naar één kant, waardoor ik zijn greep op mijn dijbenen verbreek. Mijn plotse weerstand overrompelt Lucas en ik ben al bijna naar de andere kant van het bed gekropen voor hij nog net een hand om mijn ene enkel slaat.

Ik reageer puur op instinct: met een draai trap ik omhoog, richting zijn gezicht, maar hij ontwijkt me. Voor ik het nogmaals kan proberen, heeft hij ook mijn andere enkel te pakken en sleurt hij me over het bed naar zich toe.

'Wat krijgen we verdomme nou, Yulia?' Lucas gaat op mijn schoppende benen zitten en pint met zijn handen mijn polsen boven mijn hoofd vast. Zijn gezicht is een masker van woede, waarin zijn ogen kille spleetjes vormen. 'Ben je zo dol op hem?'

Hijgend staar ik hem aan. Een giftige mengeling van angst, adrenaline en woede raast door me heen, evenals een flinke dosis gefrustreerde opwinding. Het was stom van me Lucas te bevechten, maar in zijn armen klaarkomen zou een afschuwelijk verraad zijn ten opzichte van mijn broertje. 'Natuurlijk,' bijt ik hem toe, niet in staat mijn mond te houden. 'Wat verwachtte je verdomme dan?'

Lucas' vingers verstrakken om mijn polsen. 'Hij is

niemand meer voor je.' De blik die hij me toewerpt, is furieus. 'Niemand. Je behoort aan mij toe, begrepen?'

Met open mond staar ik mijn cipier aan. Ik begrijp er niets van. Hoe kan hij van me verwachten dat ik mijn broertje vergeet? Ik weet dat Lucas bezitterig is, maar deze eis is haast krankzinnig.

Voor ik echter mijn gedachten op een rijtje heb kunnen zetten, wordt Lucas' uitdrukking nog killer. Snel draait hij mijn rechterarm over mijn lichaam heen en neemt beide polsen in één hand. Ik lig nu op mijn zij; dan voel ik hem over me heen naar het nachtkastje reiken. Zijn gewicht duwt me de matras in. Heel even krijg ik geen adem meer, maar dan komt hij omhoog en neemt de druk op mijn ribbenkast af. Met mijn polsen in zijn linkerhand leunt Lucas over mij heen. Zijn grote lichaam houdt me op mijn plek – en in zijn rechterhand houdt hij de reden voor die actie.

Hij heeft een rol touw uit het nachtkastje gehaald.

Mijn opwinding wordt getemperd door angst en het koude zweet breekt me uit. 'Wat ga je doen?' De woorden klinken als een wilde, hese smeekbede. 'Lucas, dit hoef je niet te doen. Ik zal niet meer tegenstribbelen.'

Maar het is te laat. Hij is al bezig het touw rond mijn polsen te wikkelen. Een oude angst welt in me op en dreigt me te overweldigen met herinneringen aan Kirill. Ik voel de verlammende angst bezit van me nemen, maar dan fluistert Lucas in mijn oor: 'Ik ga je geen pijn doen – maar ik ga er wel voor zorgen dat je niet meer aan hem denkt.'

Zijn woorden bieden me net genoeg geruststelling om de herinneringen op afstand te houden, dus haal ik beverig adem. Mijn angst is nog altijd aanwezig; zijn woorden en daden zijn behoorlijk gestoord. Opnieuw begin ik te worstelen in een poging om weg te komen, maar hij is te sterk voor me. Maar Lucas negeert mijn pogingen hem af te werpen, bindt het touw strak om mijn polsen en reikt dan naar mijn enkels. Maar om dat te doen, komt hij heel even van me af; meteen trap ik hem in zijn zij, maar hij heeft mijn enkels al te pakken.

'Dat dacht ik niet.' Hij trekt mijn enkels omhoog, waardoor ik dubbelgevouwen kom te liggen. Ik haal uit met mijn gebonden handen, maar ik kan me niet goed bewegen en de klap raakt zijn schouder maar lichtjes. Snel klemt hij mijn kuiten in de kromming van zijn gespierde arm vast. Met zijn andere hand slaat hij het touw om mijn enkels. Zijn bewegingen zijn vlot, zeker en volkomen meedogenloos. Binnen een paar minuten lig ik erbij als een opgebonden kalkoen, mijn polsen en enkels voor mijn lichaam aan elkaar gebonden. Mijn rok is teruggeslagen; mijn string ben ik allang kwijt. Mijn hele onderlichaam ligt tentoongesteld.

De kwetsbaarheid van deze positie jaagt mijn hart zo aan dat ik er duizelig van wordt. Het oorverdovende gebulder in mijn oren neemt alleen nog maar toe als Lucas mijn gebonden polsen en enkels boven mijn hoofd buigt, wat het uiterste vergt van mijn hamstrings. Hij maakt het touw vast aan de metalen paal naast het bed en laat zich dan langs mijn gevouwen lichaam naar beneden zakken. Als hij zijn handen op mijn trillende benen legt, zie ik hem kijken... naar mijn openstaande kutje en achterste.

'Wat ga je doen?' Ik kan de paniek in mijn binnenste nauwelijks nog de baas. 'Lucas, wat ga je doen?'

Als hij me aankijkt, zie ik een vurige hitte in zijn blik. 'Wat ik maar wil, schatje. Wat ik verdomme maar wil.'

Dan laat hij zijn hoofd zakken en begint opnieuw aan mijn klit te sabbelen.

29

Lucas

Haar smaak is bedwelmend en overweldigend erotisch. Haar kutje is romig en nat. Haar warmte en vrouwelijke geur maken dat het voorvocht zich op mijn eikel verspreidt. Ik wil in haar stoten, voelen dat haar gladde, strakke binnenste me omringt, maar ik wil ook iets anders, iets wat Yulia me tot dusver onthouden heeft.

Maar eerst ga ik afmaken waar ik mee begonnen ben. Ik negeer het verlangen dat door me heen raast en zuig op haar klit in hetzelfde ritme dat haar eerst ook tot het randje van een orgasme bracht. De eerste schokken van haar orgasme dienden zich aan voor ze begon tegen te stribbelen. Nog even en ik had haar kunnen nemen. Ze raakte in paniek – waarschijnlijk omdat ze hem niet wilde verraden – maar dat sta ik niet toe.

Ze zal klaarkomen, vanavond, en dan steeds weer, tot haar geliefde niets meer is dan een vage herinnering.

Het kost me ditmaal minder dan een minuut om Yulia tot het randje te krijgen; haar kutje is roze en gezwollen na mijn eerdere liefkozingen. Ze smeekt me haar los te maken, maar ik ga door tot ik haar kutje voel samentrekken onder mijn tong en ze het uitschreeuwt van genot.

En dan begin ik opnieuw, mijn vinger in haar schokkende vagina stekend om haar tijdens het beffen te stimuleren. Ze komt hard en snel klaar. Haar vocht glijdt langs mijn vingers en ik ga door voor een derde keer, hoewel mijn penis op springen staat.

'Niet nog een keer,' kreunt ze als ik twee vingers in haar vochtige hitte steek en de juiste plek zoek, die waar ze wild van wordt. 'Lucas, alsjeblieft, niet nog een keer...'

Maar ik ben nog niet klaar met haar. Nog lang niet. Ik gebruik mijn twee vingers om haar te neuken en sluit opnieuw mijn lippen om haar klit. Het ritme is snel en heftig en ze begint steeds harder te kreunen. Ik voel haar binnenste opnieuw samentrekken als ze klaarkomt, maar ik stop niet. Ik ga door tot ze nog een keer komt – en dan schep ik het overvloedige vocht uit haar kutje en smeer het op het kleine gaatje tussen haar billen.

In eerste instantie reageert ze niet; ze blijft gewoon hijgend liggen, haar gezicht blozend en haar ogen gesloten. Met haar enkels aan haar polsen gebonden en haar natte, gezwollen kutje is ze het toonbeeld van hulpeloze sensualiteit. Normaal gesproken is bondage niet mijn ding, maar bij Yulia is vastbinden iets anders. Het gaat niet om de spanning, maar om bezit.

Hierna zal ze er zeker van zijn dat ze de mijne is.

Als haar kontje nat genoeg is, duw ik mijn vingertop tegen de strakke opening om te zien hoe ze reageert. Die keer dat ik onder de douche haar kontje aanraakte, verstijfde ze. Of ze heeft een probleem met anale seks, of ze kent het niet. Ik hoop op het laatste, maar vermoedelijk is het het eerste.

En ja hoor, zodra mijn vinger binnendringt, knijpt Yulia haar billen samen en schieten haar ogen open. 'Niet doen.' Haar stem klinkt gespannen. 'Alsjeblieft, niet doen.'

'Was het je trainer?' Ik laat mijn vinger waar hij is; ik ga niet verder, maar ik trek hem ook niet terug. 'Heeft hij je ook hier pijn gedaan?'

Ze staart me zwaar ademend aan en ik zie haar lippen trillen voor ze ze opeenperst. Ze zegt niets, maar ik heb geen verbale bevestiging nodig.

Die hufter heeft haar inderdaad ook hier verkracht en nu is ze bang dat ik dat ook ga doen.

Iets in me knijpt pijnlijk samen. Hoewel ik haar vertrouwen niet verdien, verlangt een deel van mij er wel naar. Het is een verlangen dat in directe tegenspraak is met mijn primitieve behoefte haar te bedwingen, haar hoe dan ook bij me te houden.

Maar ik wil niet dat ze bang voor me is, ook al heb ik haar hulpeloos vastgebonden – in elk geval hoeft ze dáár niet bang voor te zijn.

'Ik zal je geen pijn doen,' zeg ik, haar blik vasthoudend. De wilde honger die door me heen raast, dooft tot een zacht gebulder als ik mijn vinger terugtrek. 'Dat beloof ik je.'

Er gaat een rilling van opluchting door haar heen en ze sluit haar ogen. Ik breng opnieuw mijn hoofd naar haar kutje en begin haar zachtjes te likken. Ze is nog altijd zacht en nat. Ik weet dat ze niet in de buurt zit van een orgasme en probeer haar er ook niet een te bezorgen. In plaats daarvan stel ik haar met mijn lippen en tong gerust, schenk haar genot dat ze kent en begrijpt. Het lijkt uren te duren, maar uiteindelijk voel ik de angstige spanning uit haar lichaam sijpelen.

Ik blijf haar likken, maar verplaats mijn tong nu naar haar romige kutje. Ze verstijft opnieuw, maar dit is anders, en als een kreun over haar lippen komt, begin ik haar groeiende opwinding te stimuleren door haar klitje zachtjes te strelen. Steeds harder kreunt ze, en ik verplaats mijn mond opnieuw, naar de strakke spieren tussen haar billen.

Heel even verstijft Yulia, maar ik lik haar alleen maar. Intussen blijf ik haar klit stimuleren, tot ze hijgt en beeft, haar lippen instinctief naar me toe bewegend. Ik weet gewoon dat ze dichtbij is en meedogenloos duw ik op haar klit om haar over de rand te duwen.

Haar hele lichaam spant zich en ze schreeuwt het uit; de kringspier onder mijn tong schokt mee. Ik lik haar nog één keer, zoveel mogelijk speeksel achterlatend en dan gebruik ik de afleiding van haar orgasme om een vinger naar binnen te duwen. Hij glijdt makkelijk naar binnen voor haar lichaam zich eromheen klemt en ik laat hem waar hij is. Zelf ga ik zitten en duw mijn kruis tegen haar onderlichaam.

Ze staart me met grote, verdwaasde ogen aan. Haar mond is half geopend; haar borst gaat hevig op en neer.

'Ik zal je geen pijn doen,' herhaal ik. Ik houd mijn ene vinger in haar en begeleid met mijn andere hand mijn penis naar haar kutje. 'Verder dan dit gaan we vandaag niet.'

Yulia geeft geen antwoord, maar ze sluit haar ogen en bijt op haar onderlip als mijn eikel in haar strakke, natte hitte dringt. De vinger in haar achterste voelt mijn penis binnendringen, voelt haar binnenste ruimte maken als ik diep in haar dring. Een kreun ontsnapt me; dit is zo lekker.

'Ja, schatje, zo. Laat me dieper gaan...' Ik heb nauwelijks door wat ik zeg. Mijn stem klinkt als een wild gerommel in mijn oren als haar kutje me helemaal in zich opneemt. 'O, verdomme, ja, precies zo...'

Ze schreeuwt het uit als ik me schrap zet tegen het bed en in haar begin te stoten. Het is hemels om in haar te zijn; ik wil hier nooit meer weg. Als ik kon kiezen, zou ik Yulia voor altijd nemen. Maar al te snel wordt het genot heviger, een scherpe extase, en voel ik mijn orgasme naderen. Ik verhoog het ritme tot ik haar zo ongeveer doorboor en ze begint harder te schreeuwen; het geluid vermengt zich met mijn eigen gekreun. Mijn zicht wordt wazig en de spanning in mijn binnenste is haast ondraaglijk. Ondanks het bonzen van mijn hartslag in mijn oren, hoor ik Yulia schreeuwen; dan trekt ze om mijn penis en vinger samen.

Vaag besef ik dat ze is klaargekomen, maar dan word ik overspoeld door mijn eigen climax en spuit ik haar vol met mijn zaad.

IK LIG VERSUFT TE RILLEN ALS LUCAS ZIJN VINGER UIT MIJN ACHTERSTE HAALT. Mijn hartslag is zo hoog dat het bijna onwerelds is. Ik heb het nauwelijks door als Lucas me losmaakt, in zijn armen neemt en de kamer uit draagt.

Pas als ik water voel, besef ik dat we samen onder de douche staan. Hij heeft zijn armen om me heen geslagen om te voorkomen dat ik door mijn benen zak. Mijn beenspieren trillen na zo lang aangespannen te zijn geweest en mijn lichaam bonst na zijn dubbele invasie. Lucas kust mijn hals terwijl hij me tegen zich aan laat leunen en ik sta het toe. Mijn hoofd rust tegen zijn schouder en warm water stroomt over onze lichamen.

'Ontspan, schoonheid.' Zijn stem is een laag, zwaar gebrom in mijn oor en ik probeer me los te trekken. Zijn armen verstrakken in hun omhelzing. 'We gaan gewoon even lekker douchen samen, meer niet.'

Ik zou moeten protesteren, hem moeten wegduwen, maar daar heb ik de kracht niet meer voor. Misschien heb ik die kracht nooit gehad – tegen Lucas vechten betekent tegen mezelf vechten. Iets in mij – iets pervers – voelt zich aangetrokken tot deze wrede, gevaarlijke man, al vanaf het begin.

Als hij merkt dat ik niet meer tegenstribbel en weer op eigen benen kan staan, laat Lucas me voorzichtig los.

'Laat me je wassen,' prevelt hij, naar een fles douchegel reikend. Ik blijf als een gehoorzaam kind staan terwijl hij me van top tot teen wast. Zijn ingezeepte handen raken me overal aan, ook waar zijn vinger eerder in me drong, en ik geef me met gesloten ogen over aan zijn zachte strelingen.

Morgen haat ik mezelf hierom, maar nu wil ik zijn tederheid voelen. Ik heb het nodig.

Hij hield zijn belofte me geen pijn te doen. Dat verrast me eigenlijk. Toen Lucas me vastbond, dacht ik dat hij me iets vreselijks ging aandoen. En toen hij mijn kont aanraakte, wist ik dat zeker. Maar behalve dat het een beetje brandde toen hij binnendrong, deed zijn vinger in me geen pijn. Zijn tong voelde zelfs... interessant. Het was een vreemd, onbekend gevoel, maar in niets leek het op de afschuwelijke pijn die Kirill me die dag aandeed.

De waterstraal stopt en ik open mijn ogen. Lucas heeft de douche uitgedraaid.

'Kom, schatje.' Hij helpt me uit de douchecabine en slaat een pluizige handdoek om me heen, waarna hij zichzelf snel afdroogt. 'Laten we naar bed gaan,' zegt hij. 'Je staat zowat te slapen.'

Opnieuw tilt hij me op. Ik protesteer niet als hij me naar de slaapkamer draagt. Zelfs na die douche heb ik nog het gevoel elk moment te kunnen omvallen. De orgasmen die Lucas me opdrong, hebben me zowel fysiek als mentaal uitgeput en ik wil niets liever dan slapen.

De rest van de nacht kan ik door te slapen mijn martelaar ontvluchten en morgen is hij weg.

Hij vertrekt en ik ook, als Rosa me de juiste informatie heeft gegeven.

Die gedachte zou me blij moeten stemmen, maar als Lucas me op het bed legt en ons boeit, voel ik me helemaal niet blij. Zelfs nu nog rouwt een deel van mij om de fantasie: om de man voor wie ik begon te vallen voor hij mijn hart brak.

Lucas maakt me midden in de nacht wakker door zijn stijve penis langs achter in me te stoten. Ik schrik wakker door de plotse invasie. Maar het is niet erg dat ik niet zo nat ben als eerder. Mijn lichaam reageert meteen op hem en zodra hij begint te bewegen, wordt mijn kutje nat voor hem. Er zit geen enkele finesse aan deze vrijpartij. Het is wat het is.

Een hard, basaal bezit.

Onze linkerpolsen zijn nog altijd aan elkaar geboeid en de kamer is volkomen donker. Ik zie niets; ik kan hem alleen voelen, zijn ene arm als een stalen band om mijn ribbenkast geslagen. Zijn heupen beuken tegen me aan en ik laat hem toe. Iets anders is niet mogelijk. Mijn ademhaling versnelt en ik voel een hete blos zich over mijn hele lichaam verspreiden als mijn binnenste spieren zich spannen.

'Zeg me dat je van mij bent.' Lucas' hete adem streelt mijn hals. 'Zeg dat je mij toebehoort.'

'Ik...' De intensiteit van onze vrijpartij overweldigt mijn slaperige brein. 'Ik ben de jouwe.'

'Nog een keer.'

'Ik ben de jouwe.' Ik snak naar adem als zijn penis een plekje in mijn binnenste raakt dat me meteen in vuur en vlam zet. 'Ik ben de jouwe.'

'Dat klopt.' Hij brengt zijn linkerhand naar mijn klit en mijn linkerhand gaat vanzelf mee. 'Je bent van mij en van niemand anders.'

'Ja, van niemand anders...' Ik heb geen idee wat ik zeg, maar het maakt me niet uit nu zijn vingers mijn klit raken. Alles voelt onwerkelijk, als een seksdroom. Ik voel Lucas' gespierde lichaam me omringen, zijn penis in me stoten, en de hitte in mijn binnenste groeit, zwelt aan en brandt alle redelijkheid weg. Versuft schreeuw ik het uit als alle gevoelens samenkomen en ik hard samentrekkend klaarkom.

Lucas kreunt ook en ik voel zijn grote lichaam tegen me aan schokken. De warmte van zijn zaad vult me en ik schok nog een paar keer na als vonken genot door me heen razen.

Hijgend sluit ik mijn ogen weer. Zijn borst duwt bij elke ademteug tegen mijn rug en zijn penis verslapt langzaam in mijn binnenste. Ik weet dat ik moet opstaan en mezelf moet wassen, of in elk geval een tissue moet pakken, maar ik ben te ontspannen, te uitgeput door het genot. Ik wil niets anders doen dan hier in Lucas' armen blijven liggen. Hij lijkt net zo graag te willen blijven liggen en mijn gedachten beginnen te dwalen als ik langzaam in slaap val. Al mijn angsten en zorgen voelen onwerkelijk, ver weg. In een andere wereld zijn we vijanden en is hij mijn cipier, maar ik bevind me niet langer op die wrede plek.

Ik lig hier warm en veilig in de armen van mijn minnaar.

De duisternis omringt me en als ik langzaam verder wegzink in die dromerige toestand, hoor ik hem zachtjes zeggen: 'Het spijt me, Yulia. Haat je me?'

'Nooit,' fluister ik tegen mijn droom–Lucas. 'Ik houd van je. Ik ben de jouwe.'

Op het moment dat de slaap me meevoert, voel ik zijn lippen op mijn slapen en zijn omarming verstrakken, alsof hij me nooit meer wil laten gaan.

ucas

YULIA'S ADEMHALING WORDT ZACHTER EN NEEMT HET VASTE RITME VAN DE SLAAP AAN, maar ik ben klaarwakker. Mijn hart bonst als een malle. Meende ze dat? Wist ze wat ze zei?

Wist ze dat ze het tegen míj zei?

Ik zou haar het liefst wakker schudden en opheldering eisen, maar die impuls weersta ik. Ik weet niet wat ik zou doen als Yulia zou zeggen dat ze over die Misha droomde. Die gedachte brandt als zuur in mijn binnenste. Als ik erachter zou komen dat die woorden voor hem bedoeld waren...

Nee, niet aan denken. Ik wil niet dat Yulia me nog een keer zo aankijkt, alsof ik een monster ben.

Ik trek haar wat dichter tegen me aan en laat mijn lippen over haar slapen glijden. Dan sluit ik mijn ogen en probeer me te ontspannen. Het was vast een verspreking, een ongelukje, maar stel dat haar woorden waar zouden zijn, wat zou het mij dan uitmaken? Seks is wat ik van haar wil, seks en een zekere mate van gezelschap.

Ik wil Yulia, maar dat betekent niet dat ik haar liefde nodig heb.

Ik dwing mezelf rustig te ademen om zo in slaap te kunnen vallen, maar de gedachte dat ze misschien van me houdt, woekert als een splinter in mijn brein. Hoe hard ik het ook probeer, ik kan die gedachte niet loslaten – en ook het warme gevoel niet dat het idee in me oproept.

Het is een onlogische reactie. Ik weet beter dan wie ook hoe betekenisloos woorden zijn. Voor mijn ouders was 'ik houd van je' een lege frase, die ze bij sociale gelegenheden tegen elkaar en mij zeiden. Het maakte deel uit van het perfecte plaatje dat ze hoog hielden tegenover de buitenwereld. Ik heb al jong geleerd die woorden niet te geloven. Hetzelfde geldt voor de vrouwen met wie ik naar bed ben geweest: meerderen gooiden dat zinnetje er te pas en onpas uit, alsof ze 'hallo' of 'tot ziens' zeiden. Er is werkelijk geen enkele reden om me aan dit ene gemompelde zinnetje van Yulia te hechten, zeker niet omdat het misschien niet eens voor mij bedoeld was.

Tenzij het wel voor mij bedoeld was. Is dat mogelijk? Yulia zou zoiets niet zomaar zeggen, dat weet ik zeker. Gezien de omstandigheden zou ze, als ze verliefd op me geworden was, haar liefde voor mij zo lang mogelijk verborgen houden – wat inhoudt dat ze waarschijnlijk niet doorhad wat ze zei.

Verdomme. Blijkbaar kan ik dit niet loslaten. Ik moet het weten als Yulia van me houdt. Dan houdt het me vast niet meer zo bezig.

Ik ga zitten, leun over haar heen en doe de lamp naast het bed aan.

Ze beweegt niet eens. Haar lippen wijken iets van elkaar en haar donkere wimpers vormen donkere halvemaantjes op haar bleke wangen. Nu ze ontspannen slaapt, lijkt ze ontzettend jong – een onschuldige maagd, uitgeput door mijn brute eisen.

Ik kijk nog even naar haar, maar dan doe ik het licht weer uit. Opnieuw ga ik tegen haar slanke lichaam aan liggen, en ik adem de zoete, perzikachtige geur van haar haren in.

Binnenkort, houd ik mezelf voor als ik mijn ogen sluit. Als ik terug ben uit Chicago, ondervraag ik haar net zolang tot ik de waarheid ken.

Mijn gevangene gaat nergens heen en zo lang duren twee weken niet.

Het piepende alarm van mijn telefoon haalt me uit mijn slaap. Ik weersta de neiging het irritante object tegen de dichtstbijzijnde muur te verpletteren en zet het alarm uit. Met een gaap haal ik de sleutel uit de la van het nachtkastje en keer me naar Yulia. Mijn bewegingen hebben haar gewekt; ze staart me met een slaperige uitdrukking op haar gezicht aan.

'Hallo, schoonheid.' Ik maak de handboeien los, maar dan kan ik de verleiding niet weerstaan en trek haar op schoot. Ze is zacht en gewillig. Haar huid is heerlijk warm tegen me aan en het kost me moeite haar niet neer te leggen en nog een laatste keer te nemen. 'Ik moet gaan,' prevel ik. Snel druk ik een kus op haar hoofd. Ik wil nog zoveel meer tegen haar zeggen, zoveel vragen die ik haar wil stellen over gisteravond, maar ik zeg alleen: 'Wees een beetje lief voor Diego en Eduardo, ja?'

Ze verstrakt even, maar dan voel ik haar knikken.

'Yulia, over gisteravond...' Ik laat mijn hand in haar haren glijden en trek er zachtjes aan om haar gezicht te zien, maar ze richt haar blik op mijn kin en kijkt me niet aan.

Ik zucht en laat het voor nu. Dit is niet het moment om te bespreken wat Yulia wel of niet tegen me zei toen ze half sliep. 'Ik zal je missen,' zeg ik daarom zachtjes.

Haar lippen verstrakken en ze kijkt naar beneden. Ik herinner mezelf eraan dat ik geduld moet hebben. Ik kan wel twee weken wachten. Opnieuw kus ik haar op haar hoofd, maar dan zet ik haar met tegenzin van mijn schoot om op te staan. Het kost me moeite niet naar haar naakte rondingen te kijken.

Maar Diego en Eduardo zijn over tien minuten hier en ik moet me nog douchen en aankleden.

 *ulia*

'YULIA, DIEGO KEN JE AL, EN DIT IS EDUARDO,' ZEGT Lucas met een gebaar naar de twee jonge bewakers. 'Zij bewaken je terwijl ik weg ben.'

Ik leun met mijn heup tegen het aanrecht en knik naar de twee donkerharige mannen, ze met een neutrale uitdrukking opnemend. Diego is langer dan Eduardo, maar allebei zijn ze gespierd en in vorm. Ze zijn knap, maar ik heb een voorkeur voor Lucas' felle, Vikingachtige uiterlijk.

'Hallo.' Ik heb niets te verliezen door aardig tegen ze te zijn.

'Hallo, Yulia.' Diego grijnst zijn regelmatige witte

tanden bloot. 'Ik moet zeggen dat je er een stuk schoner uitziet vandaag.'

Zijn grijns is aanstekelijk, dus ik lach terug. 'Een douche op zijn tijd doet wonderen,' antwoord ik, en hij schiet in de lach. Eduardo grinnikt ook, maar als ik naar Lucas kijk, staat zijn gezicht op onweer.

Is hij jaloers op de bewakers die hij zelf heeft uitgekozen?

'Jullie herinneren je mijn instructies nog wel, toch?' snauwt Lucas met een felle blik naar de twee mannen. Ik besef dat hij inderdaad niet blij met ze is. 'Allemaal?'

'Ja, natuurlijk,' zegt Eduardo snel. Diego's grijns verdwijnt en ze gaan allebei wat rechter staan. 'Je hoeft je nergens zorgen om te maken,' vult de kleinere man aan.

'Mooi.' Lucas kijkt ze streng aan, voor hij zich tot mij wendt. 'Ik zie je over twee weken, goed?' zegt hij op mildere toon. Ik knik en probeer zijn lichte ogen te ontwijken.

Ik heb het angstwekkende vermoeden dat mijn droom van vannacht geen droom was.

Lucas zwijgt even alsof hij nog iets wil zeggen, maar dan draait hij zich om en loopt de keuken uit. Een seconde later gaat de voordeur open en weer dicht.

Mijn cipier is weg.

'Zo,' zegt Diego opgewekt, waardoor mijn aandacht weer terugkomt bij hem. Hij grijnst weer en heeft zijn armen voor zijn borst gekruist. 'Wat hebben we voor het ontbijt?'

Ik maak omeletten voor mezelf en de twee bewakers, waarbij ik ervoor waak niets verdachts te doen. Ze mogen dan vriendelijk lijken, hun glimlachjes zijn slechts een amicaal masker.

Aardige mannen gaan niet voor illegale wapenhandelaars werken en deze twee hebben een goede reden om me te haten – mits ze weten van mijn betrokkenheid bij het vliegtuigongeluk.

'Zeg, Yulia,' zegt Eduardo terwijl hij met smaak zijn omelet zit op te eten, 'waar heb je zo leren koken? Is dat iets Russisch?'

'Ik ben Oekraïens, niet Russisch,' zeg ik. Hoewel het een klein verschil is binnen de regio waar ik ben opgegroeid, beschouw ik mezelf als een inwoner van het land van mijn werkgevers. 'En ja, het is wel een Oost-Europees "iets". Veel mensen vinden koken nog steeds een cruciale vaardigheid voor een vrouw.'

'Absoluut cruciaal.' Diego steekt zijn laatste hap in zijn mond en kijkt verlangend naar de lege pan. 'Verplicht, zou ik zelfs willen stellen.'

'Zeker. Net als schoonmaken, wassen en voor de kinderen zorgen, zeker?' Ik schenk de twee mannen een mierzoete glimlach.

'Als een vrouw eruitzag zoals jij, deed ik de was wel,' zegt Eduardo, en hij lijkt het te menen. 'Maar opruimen... een beetje hulp zou wel fijn zijn.'

Ondanks mezelf schiet ik in de lach. Die gast

probéért zijn chauvinistische denkbeelden niet eens te verbergen.

'Ik denk dat Eduardo bedoelt dat Lucas het goed getroffen heeft,' zegt Diego diplomatiek, onder de tafel de andere bewaker een schop gevend. 'Meer niet.'

'Juist.' Ik onderdruk de neiging om met mijn ogen te rollen. 'Dat zal wel.'

'Reken maar.' Diego knipoogt en gooit zijn papieren bordje weg. 'Eduardo is gewoon verwend,' legt hij uit terwijl hij terugloopt naar de tafel. 'Eerst vertroetelde zijn *mamacita* hem, en vervolgens zijn ex–vriendin.'

'Bek dicht,' mompelt Eduardo met een boze blik op Diego. 'Rosa vertroetelde me niet. Ze was gewoon goed in het huishouden.'

'Rosa?' Die naam ken ik.

'Ja, Esguerra's dienstmeisje,' zegt Diego. 'Lieve meid. Veel te goed voor deze gast hier' – hij gebaart naar Eduardo – 'dus dumpte ze hem een aantal maanden geleden.'

'Aha,' zeg ik. Ik probeer niet al te geïnteresseerd over te komen. Als Rosa iets met Eduardo heeft gehad, weet ze daardoor waarschijnlijk van hun potjes poker. 'Heeft Esguerra veel personeel in dienst?'

'Niet echt.' Ook Eduardo staat op om zijn papieren bordje weg te gooien. Hij fronst; blijkbaar heeft hij slechte herinneringen aan zijn breuk met Rosa. 'We moeten gaan,' zeg hij kortaf. Dan kijkt hij naar mij. 'Ben je bijna klaar met eten, Yulia?'

Ik knik en schuif de laatste happen omelet naar binnen. 'Ja.' Ik gooi ook mijn papieren bordje in de vuilnisbak, waarna ik de pan afwas en hem op een stuk keukenpapier zet om te drogen. 'Helemaal klaar.'

'Mooi.' Diego glimlacht naar me. Zijn donkere ogen glinsteren. 'Ga even naar het toilet, dan laten we je daarna uit.'

TERWIJL IK MET DE TWEE MANNEN IN EEN STEVIG TEMPO DOOR HET BOS WANDEL, kom ik tot de conclusie dat ze waarschijnlijk niet weten dat ik betrokken ben bij het vliegtuigongeluk dat hun collega's heeft gedood. Anders moeten ze geweldige acteurs zijn. Ze kletsen even makkelijk met mij als met elkaar en zijn niets anders dan vriendelijk en ontspannen. In niets lijken ze op moordenaars – behalve door de pistolen die ik in de band van hun spijkerbroeken gestoken zie.

Als ze de opdracht zouden krijgen me door het hoofd te schieten, zouden ze dat zonder aarzelen doen.

We wandelen zo'n twintig minuten, waarna ze me weer naar Lucas' huis brengen.

'Oké, *chica*,' zegt Diego, die met me meeloopt naar Lucas' bibliotheek. 'Je vriendje zei dat je meestal hier bent. Pak een boek, dan rond ik het af.'

'Vriendje?' Verrast kijk ik de bewaker aan. 'Bedoel je Lucas?'

Diego grijnst 'Dat is 'm. Of je moet er hier meer dan één hebben?'

Ik slik een venijnige ontkenning in en pak lukraak een boek. Lucas is zeker mijn vriendje niet, maar als dat is wat ze denken, kan ik dat in mijn voordeel gebruiken.

Dat is waarschijnlijk ook de reden dat de twee bewakers zo aardig voor me zijn, besef ik terwijl ik naar de fauteuil loop. In het algemeen is het slim om de vriendin van je baas met respect te behandelen – zelfs als de vriendin in kwestie het grootste deel van de tijd geboeid en vastgebonden moet worden.

Ik ga zitten, leg het boek op mijn schoot, haal diep adem en steek mijn polsen naar Diego uit. 'Ga je gang. Ik ben er klaar voor.'

Lucas

ER GEBEURT WEINIG TIJDENS ONZE VLUCHT NAAR CHICAGO. Esguerra komt elke paar uur even kijken in de cockpit, maar het grootste deel van de tijd brengt hij in de cabine door met zijn vrouw en Rosa, die met hen mee is.

'Nora slaapt nog steeds,' zegt hij als hij een uur voor de landing weer langskomt. Zijn donkere wenkbrauwen zijn samengetrokken in een bezorgde frons. 'Is het normaal om zoveel te slapen?'

'Ik heb altijd begrepen dat zwangere vrouwen veel rust nodig hebben,' zeg ik, een glimlach verbijtend. Esguerra gedraagt zich alsof geen vrouw ooit een baby heeft gebaard. 'Het is vast heel normaal.'

Hij knikt en gaat terug naar de cabine. Vast over Nora waken, denk ik geamuseerd terwijl ik het instrumentenpaneel van het vliegtuig weer controleer.

Na het ongeluk laat ik niets meer aan het toeval over.

We landen op een klein vliegveld net buiten Chicago. Een gepantserde limo staat aan het einde van de landingsbaan op ons te wachten. Ik heb de meeste bewakers vooruit gestuurd en ze hebben het hele vliegveld van top tot teen uitgekleed. Ik weet dus zeker dat het veilig is. Toch controleer ik automatisch de omgeving op dreigingen, voor ik naar de limousine loop en op de bestuurdersstoel ga zitten.

In ons werk kun je nooit te voorzichtig zijn.

Terwijl ik de limo naar het huis van Nora's ouders rijd, dwalen mijn gedachten af naar Yulia. Esguerra zit achterin met Nora en Rosa en op de weg is alles stil, dus besluit ik Diego te bellen.

'Hoe gaat het?' vraag ik zodra de bewaker opneemt.

'Nou, eens zien...' Hij klinkt duidelijk geamuseerd. 'Ze heeft een geweldige omelet gemaakt voor het ontbijt. Met de lunch kregen we de lekkerste kip ooit en voor het avondeten maakt ze karbonades en chocoladetaart. Ik zou dus zeggen dat het best goed gaat. En we zijn vanochtend met haar gaan wandelen.'

'Ze gedraagt zich goed? Geen ontsnappingspogingen?'

'Meen je dat nou? Je meisje is een modelgevangene. Ze heeft ons bij de lunch zelfs wat Russische vloeken geleerd. Zoals *yob tvoyu mat*...'

'Uitstekend.' Ik klem mijn kiezen op elkaar als ik een onredelijke golf van jaloezie ervaar. Ik weet dat ik deze twee bewakers kan vertrouwen, maar het zit me toch dwars dat ze kameraadschappelijk met mijn gevangene omgaan. Loyaal of niet, het zijn ook maar gewoon mannen, en ik weet hoe gemakkelijk het is om door Yulia geobsedeerd te raken. 'Vergeet haar vannacht niet aan de paal naast het bed te boeien.'

'Begrepen, man.'

'Mooi.' Ik haal diep adem. 'En Diego, als jij of Eduardo haar met maar een vinger aanraakt...'

'Dat zouden we nooit doen.' De jonge Mexicaan klinkt beledigd. 'Ze is van jou, dat weten we heus wel.'

'Oké.' Ik dwing mezelf mijn greep op het stuurwiel te ontspannen. 'Bel me als er iets is.'

Ik hang op en richt me weer op de weg.

Esguerra's diner met zijn schoonouders verloopt rustig totdat Frank, Esguerra's contact bij de CIA, besluit op visite te komen. Hij staat erop Esguerra te spreken, dus vraag ik mijn baas naar buiten te komen – na ervoor gezorgd te hebben dat onze sluipschutters in positie zijn.

Mocht het Amerikaanse orgaan ons vanavond willen verraden, dan gaan we de strijd aan.

Gelukkig lijkt Frank niet suïcidaal te zijn. Hij stuurt zijn auto weg en gaat een stukje wandelen met Esguerra. Ik volg ze op een afstandje en houd mijn hand op het wapen in de binnenzak van mijn jas. Maar ze lopen slechts tot het dichtstbijzijnde park en weer terug.

'Wat wilden ze van je?' vraag ik Esguerra als Franks zwarte Lincoln wegrijdt.

'Dat we oprotten uit hun land,' antwoordt Esguerra. 'Blijkbaar wordt de FBI gek, zoals Frank het omschrijft. Ze maken zich zorgen over de reden voor ons bezoek. En dan is er ook nog dat akkefietje met Nora's ontvoering.'

'Juist. Dus wat heb je hem verteld?'

'Dat we hier niet zijn om zaken te doen en dat we weer gaan als ons bezoek afgerond is. Als je het niet erg vindt, ga ik nu terug naar mijn familiediner.' Hij verdwijnt het huis in en ik loop hoofdschuddend terug naar de limo.

Mijn baas heeft wel lef.

HET IS AL LAAT ALS ESGUERRA'S FAMILIEDINER AFGELOPEN IS. Gelukkig is het niet ver naar Palos Park, een rijke buurt waar Esguerra op mijn aanraden een huis heeft gekocht.

'Dat is veiliger dan een hotel,' zei ik toen we twee weken geleden aan de planning van de reis begonnen. 'Dit huis in het bijzonder is heel handig, omdat het ommuurd is en een elektrische poort heeft, evenals een lange oprijlaan. Perfect voor privacy.'

Als we bij het huis zijn, gaan Esguerra, Nora en

Rosa naar binnen. Ik ga alle bewakers langs om te controleren of ze de juiste positie ingenomen hebben en weten wat te doen voor het geval er iets gebeurt. Dat kost me meer dan een uur en tegen de tijd dat ik het huis in stap, kijk ik ernaar uit naar bed te gaan. Maar eerst wil ik iets eten. Die twee energierepen die ik bij wijze van avondeten in de auto heb opgegeten, waren een armzalige maaltijd.

Blijkbaar ben ik nu al verwend door Yulia's kookkunsten.

'O, hoi, Lucas,' zegt Rosa als ik de keuken binnenkom. Ze bloost. Blijkbaar is ze op weg naar haar slaapkamer, want ze heeft een pyjama aan en een mok hete melk vast. 'Ik wist niet dat je nog wakker was.'

'Ik moest nog wat veiligheidscontroles afronden,' zeg ik, een gaap onderdrukkend. 'Waarom ben jij nog op?'

'Ik kon niet slapen. Te veel nieuwe indrukken, denk ik.' Haar volle mond vormt zich tot een wrang glimlachje. 'Ik heb nog nooit gevlogen en ben nog nooit in Amerika geweest.'

'Ik begrijp het.' Ik onderdruk opnieuw een gaap, loop naar de koelkast en trek hem open. Hij is goedgevuld – ik heb zelf de bestelling geplaatst – dus pak ik een stuk kaas en brood om een boterham voor mezelf te maken.

'Zal ik iets te eten voor je maken?' vraagt Rosa onzeker. 'Ik heb zo iets gemaakt, hoor.'

'Dat is lief aangeboden, bedankt, maar je moet gaan slapen.' Ik gooi een plak kaas op een boterham en neem een hap van de droge boterham. 'Je hebt morgen vast nog genoeg te koken,' zeg ik als ik de hap heb doorgeslikt.

'Dat is mijn werk.' Ze haalt haar schouders op en zegt dan: 'Maar je hebt waarschijnlijk gelijk. Ik denk dat Señor Esguerra morgenavond indruk wil maken op Nora's ouders.'

'Hm–mm.' Ik schuif de rest van mijn boterham in drie grote happen naar binnen en zet de kaas terug in de koelkast. 'Welterusten, Rosa,' zeg ik.

'Jij ook.' Ze kijkt me met een gespannen uitdrukking na als ik de keuken uitloop, maar ik ben te moe om me af te vragen wat er in haar omgaat.

Eenmaal in mijn kamer neem ik een snelle douche en kruip dan snel mijn bed in. Verrassend genoeg val ik echter niet meteen in slaap. In plaats daarvan lig ik nog een tijd wakker, woelend op de tweepersoonsmatras, die veel te groot lijkt.

Ik ben nog geen dag weg en ik mis Yulia nu al.

Twee weken, houd ik mezelf voor. Ik moet gewoon deze twee weken doorkomen. Dan ben ik weer thuis en kan ik Yulia weer elke avond in mijn armen houden.

ulia

Ik staar naar het donkere plafond. Ondanks het late tijdstip kan ik de slaap niet vatten. Het voelt gek om zonder hem in Lucas' bed te liggen... gek dat het koude staal van de handboei me aan de paal naast het bed ketent in plaats van zijn pols. Ik ben inmiddels gewend tegen zijn grote, warme lichaam aan te slapen. Zelfs met de dekens tot mijn kin opgetrokken, is het koud en leeg in mijn eentje. Ik kan me niet genoeg ontspannen om te slapen.

Diego en Eduardo zijn tot dusver goede bewakers geweest. Ze hielden zich aan de routine die Lucas hen waarschijnlijk heeft opgedragen: ze lieten me eten, wandelen, naar het toilet gaan en lezen in de gemakkelijke leunstoel. Daarnaast hielden ze me gezelschap tijdens het eten, hoewel ik vermoed dat het eten zelf daar veel mee te maken had. Na het avondeten besloot ik dat ik ze aardig vind – in zoverre je huurlingen die je bewaken aardig kunt vinden. Rosa had gelijk, het zijn fatsoenlijke kerels; onder andere omstandigheden hadden we vrienden kunnen worden.

Hopelijk straft Lucas hen niet te hard voor mijn ontsnapping, mocht ik morgen daarin slagen.

De gedachte aan morgen jaagt het kleine beetje slaap dat ik begon te voelen weer weg. Om mijn nervositeit te verminderen, neem ik mentaal opnieuw de stappen van mijn plan door. Het is simpel: Na de lunch gebruik ik Rosa's spulletjes om mezelf te bevrijden en vlucht dan naar de noordgrens van het landgoed, waar de bewakers in Toren Noord Twee bezig zijn met hun pokerspel. Diego en Eduardo zijn daar ook, dus ze gaan me pas na 18.00 uur zoeken. Tegen die tijd zit ik in de vrachtwagen en ben ik hopelijk een eind van Esguerra's landgoed verwijderd.

Als alles goed gaat, ben ik morgenavond niet langer Lucas Kents gevangene.

Ik zou opgewonden moeten zijn, maar in plaats daarvan voel ik een doffe pijn vanbinnen. Die droom van vannacht – als het een droom was – staat me nog altijd helder voor de geest. Heel even was ik vergeten wie we waren en wat er allemaal tussen ons gebeurd is... en daarom vertelde ik Lucas iets wat ik zelf tot op dat moment nog niet wist.

'Haat je me?' vroeg hij, en ik, idioot die ik ben, zei dat ik van hem hield.

Ik gaf mijn afschuwelijke, irrationele zwakte toe tegenover een man die me tot dusver met ieder wapen dat ik hem heb gegeven, pijn heeft gedaan.

Maar misschien zei ik het niet hardop. Misschien was het alleen maar een droom – of beter gezegd, een nachtmerrie. Maar als dat zo is, waarom begon Lucas dan over vannacht toen hij afscheid van me nam? Waarom zei hij dat hij me zou missen?

Met een kreun rol ik op mijn zij en stomp met mijn vrije hand in het kussen. Ik moet ziek zijn geworden – of op zijn minst gehersenspoeld – door mijn gevangenschap. Ik kan niet verliefd zijn op de man die erop uit is mijn broertje te vermoorden.

Het is onmogelijk dat ik zo'n idioot ben dat ik ben gevallen voor een moordenaar met een klomp ijs op de plaats waar zijn hart zou moeten zitten.

Ik zal je missen.

Als ik in gedachten zijn zware stem hoor, knijp ik mijn ogen stijf dicht en probeer hem uit te bannen. Wat ik ook voel, of het nu liefde is of een tijdelijke vlaag van waanzin, het zal verdwijnen zodra ik ver weg ben van hier.

Dat moet ik blijven geloven; anders kan ik nooit ontsnappen.

Het ontbijt en de lunch duren onmetelijk,

afschuwelijk lang. Tegen de tijd dat Diego en Eduardo me aan de fauteuil binden en weggaan, kan ik het wel uitgillen. Ik hoop maar dat ze niet doorhebben hoe gespannen ik ben; ik heb geprobeerd zo normaal mogelijk over te komen, maar ik weet niet zeker of het gelukt is.

Ik wacht nog een paar minuten nadat de voordeur is dichtgevallen, om er zeker van te zijn dat ze niet terugkomen. Zodra ik er zeker van ben dat mijn bewakers echt weg zijn, ga ik tot actie over. Mijn hart bonst in een snel, wanhopig ritme als ik met zweterige handen tussen de kussen van de fauteuil reik, op zoek naar de spulletjes die Rosa me gaf.

Als eerste heb ik de haarspeld te pakken. Dankzij de touwen, die mijn bovenarmen aan de stoel binden, is mijn bewegingsruimte beperkt, maar het lukt me toch de speld in het slot van de boeien te steken. Hoewel ik geen boeienkoning ben, heb ik dit tijdens mijn training wel geleerd. Na een paar pogingen lukt het me dan ook de handboeien te openen.

Dan het scheermesje. Nu mijn handen niet langer aan elkaar zitten, kan ik het kleine mesje onder de touwen om mijn bovenarmen steken en erdoorheen zagen. Het is niet makkelijk – tegen de tijd dat ik klaar ben met het eerste dikke touw bloeden mijn handen op meerdere plaatsen, maar ik zet door en tien minuten later heb ik genoeg touwen los om uit de fauteuil te kunnen komen.

Stap één van het plan is afgerond.

Snel loop ik naar de keuken om twee flesjes water

en een stel energierepen uit een van de kastjes te pakken. Ik ben niet van plan lang in de jungle te blijven, maar ik kan maar beter voorbereid zijn. Op dit tijdstip van de dag kan de hitte me binnen een paar uur uitdrogen. Daarnaast pak ik het scherpste mes dat ik kan vinden en stop het scheermesje en de haarspeld in een zak van mijn korte broek, voor het geval dat. Uit Lucas' kast haal ik een rugzak, waar ik het eten, water en het mes in stop, en dan ga ik naar de deur van Lucas' slaapkamer – de deur die naar de achtertuin en de jungle daarachter leidt.

Na diep ingeademd te hebben, doe ik de deur open en neem de omgeving in me op. Ik zie geen bewakers en het enige wat ik hoor, zijn de natuurlijke geluiden van de jungle.

Tot dusver gaat het goed.

Ik stap naar buiten en doe de deur achter me dicht. Een golf vochtige hitte slaat over me heen, waardoor mijn kleren meteen aan mijn huid plakken. Het was heel verstandig die flesjes water mee te nemen. Ik moet vier kilometer naar het noorden en dan westwaarts de rivier volgen, tot ik bij de zandweg kom waar Rosa het over had. Onderweg zal ik zeker moeten drinken.

Ik haal diep adem om zenuwen tegen te gaan en sluip dan naar de bomen achter het huis. Mijn gympen – die Lucas me gaf voor onze wandelingen – maken nauwelijks geluid als ik het bos in loop. Als ik eenmaal onder het dichte bladerdak ben, slaak ik een zucht van opluchting. Vanuit de lucht ben ik niet langer zichtbaar.

Nu moet ik naar de grens en dan de weg zoeken die de vrachtwagen zal gebruiken als hij na 15.00 uur van het landgoed vertrekt.

Al snel druip ik van het zweet als ik een vlot tempo inzet en intussen probeer niet op insecten of slangen te gaan staan. Dunne boom, dikke boom, een stel bosjes, een omgevallen boomstam – ik registreer het allemaal om mijn vorderingen te meten. Daarbij helpt het om me te concentreren op mijn directe omgeving; dat leidt me af van de drones die misschien boven me zweven, of de wachttorens waar ik langs moet op mijn weg naar de grens. Rosa vertelde dat de bewakers pokeren in Toren Noord Twee, maar ik heb geen idee hoe ik het verschil moet zien tussen die toren en een andere.

Als er een Toren Noord Twee is, is er ook een Toren Noord Eén. Als ik langs de verkeerde toren kom, zit ik in de problemen.

Een half uur later pak ik het eerste flesje water en drink het grootste deel op. Daarna veeg ik met de onderkant van mijn top het zweet van mijn gezicht. Zelfs in mijn korte broek en dunne topje is de hitte moeilijk te verdragen.

Nog even volhouden, houd ik mezelf voor. Het kan niet ver meer zijn naar de rivier. Als ik daar ben, ga ik richting het westen tot ik bij de weg ben.

Het is nog maximaal een halfuur verder.

'*Alto!*'

Ik blijf stokstijf staan bij het horen van dat rauwe Spaanse bevel en steek instinctief mijn handen op. Het flesje water valt uit mijn gevoelloze vingers. *O, shit. O, nee. Nee. Shit.*

De mannenstem blaft nog een bevel en ik draai me langzaam om in het vermoeden dat dat is wat hij van me wil.

Een donkerharige, gespierde man staat een paar meter van me af. Zijn M16 is op mijn borst gericht. Hij draagt een camouflagebroek en een mouwloos T–shirt. Aan zijn riem hangt een radio.

Het is een van de bewakers. Waarschijnlijk patrouilleerde hij in de jungle toen hij me zag.

Ik zit zo diep in de nesten.

Met een boze blik snauwt de bewaker nog iets in het Spaans, en ik schud mijn hoofd. 'Sorry.' Ik lik over mijn droge lippen. 'Ik spreek weinig Spaans.'

De jongeman kijkt nu nog bozer. 'Wie ben jij? Wat doe je hier?' vraagt hij in Engels met een zwaar accent.

'Ik ben...' Ik slik en voel een straaltje zweet langs mijn slapen lopen. 'Ik woon bij Lucas.'

'Lucas Kent?' De bewaker lijkt even in verwarring gebracht, maar dan spert hij zijn donkere ogen open. 'Jij bent de gevangene.'

'Eh, dat was ik. Maar nu ben ik zijn gast.' Ik laat mijn handen zakken en probeer een beverig glimlachje op mijn gezicht te toveren. 'Je weet hoe het gaat.'

Een begrijpende blik verschijnt op het gezicht van de bewaker. 'Je bent zijn *puta*.'

Volgens mij heeft hij me zojuist een hoer genoemd, maar ik glimlach breder en knik. Hopelijk zie ik er nu eerder verleidelijk dan bang uit. 'Hij vindt me leuk,' zeg ik, terwijl ik mijn schouders iets naar achteren trek om mijn behaloze voorgevel voor voren te duwen. 'Begrijp je wat ik bedoel?'

De man laat zijn blik van mijn gezicht naar mijn vochtige top glijden. '*Sí.*' Hij klinkt een beetje hees. 'Ik begrijp wat je bedoelt.'

Met die glimlach nog steeds op mijn gezicht geplakt, zet ik een stap naar hem toe. 'Hij is nu weg,' zeg ik heupwiegend. 'Op reis met je baas.'

'Ja, met Esguerra.' De man lijkt gebiologeerd door mijn met mijn heupwiegende loopje meedeinende borsten. 'Op reis.'

'Juist.' Ik zet nog een stap. 'Ik verveelde me in dat huis.'

'Verveelde?' De bewaker slaagt er eindelijk in zijn blik los te rukken van mijn borsten. Zijn ogen staan een beetje glazig, maar hij heeft nog altijd dat wapen op me gericht. 'Je hoort hier niet te zijn.'

'Dat weet ik.' Ik bijt met opzet op mijn onderlip. 'Lucas laat me wel de achtertuin in. Ik volgde een mooi vogeltje en toen verdwaalde ik.'

Het is het belachelijkste verhaal ooit, maar dat lijkt de bewaker niet door te hebben. Waarschijnlijk heeft dat iets te maken met de blik die hij me toewerpt: alsof hij me ter plekke wil verslinden.

'Misschien kun je me de weg terug naar het huis wijzen,' ga ik verder als hij blijft zwijgen. Ik waag nog een klein stapje in zijn richting. 'Het is erg heet vandaag.'

'Ja.' Hij laat het wapen zakken en pakt mijn linkerarm. 'Kom. Ik breng je wel.'

'Dank je wel.' Ik glimlach zo breed als ik kan en stoot dan mijn rechterhand omhoog, zodat de muis van mijn hand de onderzijde van zijn neus vol raakt.

Er klinkt een krakend geluid en dan spuit het bloed in de rondte. De bewaker grijpt in een reflex naar zijn gebroken neus en wankelt achteruit. Ik grijp de loop van zijn M16 en trap tegen zijn knie, tegelijkertijd zijn geweer naar me toe trekkend.

Mijn voet raakt zijn knie, maar hij laat zijn geweer niet los. In plaats daarvan laat hij zijn neus los en pakt het wapen met beide handen vast, waarna hij het – en mij – naar zich toe trekt.

Hij mag dan niet zo goed getraind zijn als Lucas, maar hij is wel veel sterker dan ik.

In de wetenschap dat ik maar een paar seconden heb voor hij me tegen de grond werkt, stop ik met trekken en duw in plaats daarvan het geweer zijn kant op, zodat hij heel even zijn evenwicht verliest. Tegelijkertijd schop ik zo hard mogelijk omhoog tussen zijn benen.

Mijn gympje vindt zijn doel: de ballen van de bewaker. Hij kreunt en slaakt dan een hoge gil als hij dubbelklapt. Zijn gezicht trekt ziekelijk bleek weg en hij laat even zijn greep op het wapen verslappen – en meer tijd heb ik niet nodig.

Ik ruk het zware wapen uit zijn handen en zwaai het richting zijn hoofd.

Met een luide bonk raakt het zijn schedel. De

impact van de dreun stuurt een pijnlijke schok door mijn armen, maar de bewaker gaat meteen neer.

Ik heb geen idee of hij bewusteloos of dood is, maar ik ga ook geen tijd verspillen door dat na te gaan. Als er meer bewakers in de buurt zijn, hebben ze zijn gil misschien gehoord.

Met de M16 stevig vastgeklemd zet ik het op een lopen.

Boom. Bosje. Kronkelige boomwortel. Mierenhoop. De kleine oriëntatiepunten vervagen voor mijn ogen terwijl ik erlangs ren. Mijn adem ruist in mijn oren. Elke paar minuten kijk ik achter me om te zien of ik achtervolgd word, maar ik zie niets en na een tijdje ga ik over in een langzamere looppas.

Waar is die rivier, verdomme? Vier kilometer is niet zo ver, zo lang zou het niet moeten duren.

Maar voor ik me ga afvragen of Rosa gelogen heeft, duikt de grond voor me ineens scherp naar beneden. Ik kan nog net op tijd stoppen om niet naar beneden te vallen. Door de dikke begroeiing heen zie ik een glimpje blauw beneden.

De rivier.

Ik ben bij de noordelijke grens van Esguerra's landgoed beland.

Mijn adem ontsnapt in een zucht van opluchting. Ik wil naar voren lopen om beter te kijken, maar dan blijf ik opnieuw stokstijf staan.

Links van me, minder dan honderd meter van mijn huidige positie verwijderd, is een wachttoren.

De bomen onttrokken hem aan mijn zicht.

Ik deins achteruit en zoek dekking achter de dichtstbijzijnde boom in de hoop dat de bewakers me nog niet hebben gezien. Als ik geen geschreeuw of schoten hoor, kijk ik voorzichtig om de boom heen naar de toren.

Het hoge gebouw torent angstaanjagend boven de bomen uit. Bovenop is een vierkante, afgesloten ruimte met spleten in plaats van ramen. Eromheen is een omgang. Ik zie daar geen bewakers, maar ze zitten waarschijnlijk binnen in de schaduw, om te ontsnappen aan de smorende hitte. Het gebouw heeft geen kenmerken. Het kan Toren Noord Twee zijn – of een andere. Daar kom ik maar op één manier achter.

Als ik naar het westen ga, kom ik er direct langs. Mochten de bewakers binnen naar buiten kijken, dan ben ik er gloeiend bij.

Heel even overweeg ik terug te gaan en de weg vanaf een positie verder naar het zuiden te zoeken, als ik buiten het zicht van deze wachttoren ben. Maar ik besluit dat niet te doen. Er zouden meer wachttorens kunnen staan. Daarbij zei Rosa dat de beveiligingssoftware zich richt op zaken die het landgoed naderen. Dan zou de computer best wel eens alles kunnen registeren wat zich vanaf dit punt richting het zuiden begeeft.

Ik moet ofwel hier de rivier oversteken, of naar het westen gaan in de hoop de weg te vinden waar die de rivier kruist.

Ik kijk naar de rivier. De dichte begroeiing blokkeert mijn zicht, dus ik heb geen idee hoe breed of

diep hij is. Er zou een sterke stroming kunnen staan –
en aangezien ik me in de Amazone bevindt, zou hij ook
wel vol krokodillen kunnen zitten. Als ik een goede
zwemmer was, zou ik het erop wagen, maar
junglerivieren oversteken maakte geen deel uit van
mijn training.

Ik werp opnieuw een blik op de toren. Nog altijd
geen bewaker te zien. Zouden ze binnen aan het
pokeren zijn?

Heel even twijfel ik tussen mijn twee opties en
overweeg ik de voor– en nadelen van beiden, maar
uiteindelijk beslist de zon welke van de twee het wordt.
Ze staat nu lager aan de hemel; de middag verstrijkt. Ik
heb geen horloge, dus ik weet niet hoe laat het is, maar
waarschijnlijk loopt het tegen drieën.

Als ik niet snel de weg vindt, mis ik straks nog die
vrachtwagen – en dan maakt het niet meer uit of de
bewakers in de toren me zien of niet. Zodra Diego en
Eduardo erachter zijn dat ik weg ben, hebben ze me
binnen een paar uur gevonden als ik nog steeds te voet
door de jungle loop.

Met trillende handen zet ik de M16 op de grond.
De kans dat ze me neerschieten is veel groter als ik
zichtbaar gewapend ben. Daarnaast zal één geweer me
niet helpen tegen meerdere bewakers die beter
bewapend zijn en de bescherming van hun toren
hebben.

Na nog een laatste blik op de rivier verlaat ik mijn
schuilplaats achter de boom en loop naar het westen,
richting de wachttoren.

Dunne boom. Dikke boom. Wortel. Bosje. Een groepje bloemen. Tijdens het lopen staar ik naar de begroeiing, terwijl een ijzige angst me in zijn greep houdt. De toren komt steeds dichterbij – ik kan hem nu vanuit mijn ooghoeken zien – en ik probeer hem te negeren. Ik zet langzaam en bewust de een voet voor de andere, steeds een stapje verder.

Dikke boom. Nog een dikke boom. Een kleine greppel waar ik overheen moet springen. Mijn hart bonst in mijn keel, maar ik ga door en blijf de toren negeren. Hij is eerst naast me en dan iets achter me, maar ik houd mijn blik voor me gericht en blijf op hetzelfde, kalme tempo doorlopen.

Als ik een kleine open ruimte moet oversteken, tintelen de haartjes achter in mijn nek, maar er wordt niet geschreeuwd of geschoten.

Ze zien me niet.

Dit moet Toren Noord Twee zijn.

Ik waag het erop mijn tempo te verhogen. Als ik een paar minuten later achterom kijk, zie ik de toren niet meer.

Mijn knieën beginnen te trillen van opluchting en ik moet even steun zoeken bij een boomstam.

Ik ben langs de toren gekomen zonder neergeschoten te worden.

Als mijn hartslag wat tot bedaren komt, dwing ik mezelf weer te gaan staan en door te lopen.

Ik weet niet hoelang het duurt voor ik de weg bereik, maar de zon staat al laag aan de hemel als ik hem vind. Het is niet echt een weg, meer een zandpad door de jungle, maar over de rivier ligt een stevige houten brug.

Ik blijf staan om te luisteren, maar het is stil om me heen. Geen naderende auto te horen, geen bewakers te zien.

Ik stap de brug op en begin eroverheen te lopen. Meteen realiseer ik me dat het een goed idee was niet te proberen de rivier over te zwemmen. De stroom is breed en de oevers zijn aan beide kanten steil. Zelfs al was ik erin geslaagd naar de overkant te zwemmen, dan had ik maar met moeite omhoog kunnen klimmen.

Ik blijf lopen en al snel liggen de brug – en Esguerra's landgoed – achter me. Ik probeer tussen de bomen te blijven en tegelijkertijd niet te ver van de weg af te dwalen. Hopelijk missen de drones die in dit gebied patrouilleren me op deze manier en kan ik toch de vrachtwagen nog aanhouden.

Het lijkt alsof ik uren loop voor ik eindelijk het geluid van een motor hoor.

Daar gaan we dan.

Ik pak het mes dat ik uit Lucas' keuken stal en steek het in de broekband van mijn korte broek, mijn top eroverheen. Hopelijk hoef ik het niet te gebruiken, maar ik kan maar beter voorbereid zijn.

Dan stap ik de weg op en wacht op de naderende wagen, intussen het bonzen van mijn hart negerend.

Het blijkt een busje, geen vrachtwagen. Hij stopt voor me en de chauffeur – een kleine man van middelbare leeftijd met een donkere huid – sprint eruit en staart me vol verbazing aan. Hij vraagt iets in het

Spaans en ik schud mijn hoofd. 'Toerist. Ik ben een Amerikaanse toerist en ik ben verdwaald. Help me, alstublieft.'

Hij lijkt nog verbaasder dan eerst en vuurt een nieuw salvo Spaanse woorden op me af.

Ik schud opnieuw mijn hoofd. 'Sorry, ik spreek geen Spaans.'

Hij fronst en kijkt rond alsof hij verwacht een tolk uit de bosjes te zien springen. Als er verder niets gebeurt, haalt hij zijn schouders op en gebaart dat ik hem naar het busje moet volgen.

Ik ga naast hem op de passagiersstoel zitten en zorg dat ik mijn hand in de buurt van het mes houd. De bezorger kan een medewerker van Esguerra zijn, maar ook gewoon een burger die toevallig voedsel levert aan het landgoed van een wapenhandelaar.

Hoe dan ook, als hij iets probeert, of iemand probeert te bellen, dan ben ik klaar voor hem.

Hij start de motor en het busje begint noordwaarts over de zandweg te rijden. Na een paar minuten zet de man muziek aan en begint zachtjes mee te neuriën. Ik glimlach naar hem en haal mijn hand van het mes.

Het is me gelukt.

Ik ben ontsnapt.

Nu kan ik Obenko waarschuwen en mijn broertje redden.

'Vaarwel, Lucas,' fluister ik geluidloos als het busje me over de hobbelige zandweg wegvoert van mijn cipier.

Weg van de man van wie ik houd.

Bedankt voor het lezen! Hopelijk heb je genoten van het verhaal van Lucas en Yulia, dat verder gaat in *Geclaimd (Gevangen: Boek 3)*.

Yulia is dan wel ontsnapt, veilig is ze nog lang niet. Dagelijks ben ik bezig met de risico's van mijn vak, maar het enige dat me echt op de been houdt, is Yulia vinden. En als ik haar eenmaal heb, zal ze nooit meer ontsnappen.

Ik zal doen wat nodig is om haar bij me te houden..

Wil je op de hoogte blijven van mijn nieuwste boeken? Schrijf je dan in voor mijn nieuwsbrief op www.annazaires.com/book-series/nederlands!

Wil je ook andere boeken van mij lezen? Bekijk dan eens:

- *Verwrongen* - het duistere verhaal over Lucas' baas, Julian, en Nora, het meisje dat hij ontvoerde en tot zijn vrouw maakte
- *Aanraking* - het futuristische verhaal over Korum, een machtige alien, en Mia, de verlegen studente die hij de zijne wil maken

Sla nu de pagina om voor een voorproefje van *Verwrongen* en *Aanraking*.

Ontvoerd. Meegenomen naar een privé-eiland.

Ik had nooit gedacht dat mij dit zou overkomen. Ik had me nooit kunnen voorstellen dat een toevallige ontmoeting aan de vooravond van mijn achttiende verjaardag mijn leven zo volkomen zou veranderen.

Nu behoor ik hem toe. Julian. Een man die even meedogenloos als knap is — een man wiens aanraking me in vuur en vlam zet. Een man wiens tederheid verwoestender is dan zijn wreedheid.

Mijn ontvoerder is een raadsel. Ik weet niet wie hij is of waarom hij me heeft ontvoerd. In hem bevindt zich duisternis—duisternis die me evenzeer aantrekt als beangstigt.

Ik ben Nora Leston. Dit is mijn verhaal.

Het is avond. Ik word elke minuut nerveuzer omdat ik weet dat ik straks mijn ontvoerder weer zie. Niet langer houdt het boek mijn aandacht vast. Daarom leg ik het maar weg en begin te ijsberen.

Ik heb de kleren aan die Beth me gebracht heeft. Zelf zou ik ze niet uitgekozen hebben, maar ze zijn beter dan die badjas. Ik heb een sexy wit slipje aan en een bijpassende beha. Daaroverheen draag ik een leuk blauw zomerjurkje met knoopjes van voren. Het is verbazend hoe goed het past. Misschien houdt hij me al wel langer in de gaten. Misschien weet hij naast mijn kledingmaat nog veel meer van me.

Die gedachten zijn misselijkmakend.

Hoe hard ik ook probeer niet te denken aan wat komen gaat, het lukt me niet. Eigenlijk begrijp ik niet eens waarom ik er zo van overtuigd ben dat hij vanavond naar me toe komt. Misschien heeft hij wel een hele harem aan vrouwen op dit eiland zitten en neemt hij elke avond een ander, net als sultans dat vroeger deden.

Maar ik weet gewoon dat hij eraan komt. Gisteren was gewoon een voorproefje. Hij is nog niet klaar met me – nog lang niet.

Uiteindelijk gaat de deur open. Hij stapt binnen alsof hij de touwtjes in handen heeft, wat natuurlijk ook zo is.

Opnieuw ben ik onder de indruk van zijn

mannelijke schoonheid. Met zo'n gezicht zou hij een model of een filmster kunnen zijn. Als de wereld eerlijk was, was hij klein geweest, of had hij een andere imperfectie gehad om voor die trekken te compenseren.

Maar dat is niet het geval. Zijn lichaam is perfect geproportioneerd, groot en gespierd. Als ik denk aan hoe het was om hem in me te voelen, bespeur ik tot mijn ongenoegen een vlaag van opwinding.

Wederom draagt hij een spijkerbroek en een T-shirt, een grijze ditmaal. Hij heeft groot gelijk dat hij de voorkeur geeft aan eenvoudige kleding. Het is niet of zijn uiterlijk nog extra nadruk nodig heeft.

Hij glimlacht naar me, duister en verleidelijk als een gevallen engel. "Hallo, Nora."

Ik heb geen idee wat ik moet zeggen en daarom flap ik het eerste eruit wat in me opkomt: "Hoelang wil je me hier houden?"

Hij houdt zijn hoofd een tikje scheef. "Hier in deze kamer? Of op dit eiland?"

"Allebei."

"Beth zal je morgen rondleiden. Als je zin hebt, kunnen jullie gaan zwemmen," zegt hij terwijl hij op me af loopt. "Ik houd je niet opgesloten, tenzij je domme dingen gaat doen."

"Zoals?" Mijn hart begint als een gek te bonzen wanneer hij met een hand door mijn haren strijkt.

"Beth of jezelf pijn doen." Zijn zachte stem en indringende blik werken hypnotiserend. Die ritmische strelingen door mijn haar versterken dat effect alleen maar.

Ik probeer de betovering te verbreken door een paar keer met mijn ogen te knipperen. "En op het eiland? Hoe lang ben je van plan me hier te houden?" Nu strijkt zijn hand over de ronding van mijn wang. Even leun ik tegen zijn hand, als een kat die geaaid wordt. Dan besef ik wat ik aan het doen ben, en meteen ga ik weer stokstijf rechtop staan. Aan zijn glimlach zie ik dat hij precies weet welk effect hij op me heeft.

"Lang, hoop ik," is zijn antwoord.

Op de een of andere manier verrast dat me niet. Je neemt niet de moeite iemand helemaal naar een verlaten eiland te brengen als je alleen paar keer seks wilt. Ik ben doodsbang, dat wel, maar niet verrast. Ik verzamel mijn moed en stel de volgende logische vraag: "Waarom heb je me ontvoerd?"

Nu glimlacht hij niet meer. In plaats van te antwoorden, neemt hij me met die onpeilbare blauwe ogen op.

Over mijn hele lichaam begin ik te beven. "Ga je me vermoorden?"

"Nee, Nora, ik ga je niet vermoorden."

Ik weet dat hij zou kunnen liegen, maar toch stelt het antwoord me gerust. "Ga je me dan verkopen?" Ik forceer de woorden naar buiten. "Als een prostituee of zo?"

"Nee," zegt hij zacht. "Dat nooit. Je bent van mij. Alleen van mij."

Ook dat stelt me wat gerust, maar er is één ding dat ik nog moet weten. "Ga je me pijn doen?"

Wederom lijkt het of hij geen antwoord gaat geven. Heel even verschijnt er een flits van iets duisters in zijn ogen.

"Waarschijnlijk wel," zegt hij dan en hij buigt zich voorover om me met zijn warme mond zachtjes op mijn lippen te kussen.

Een moment lang blijf ik als bevroren staan. Ik geloof hem. Ik weet dat hij de waarheid vertelt als hij zegt dat hij me pijn gaat doen. Al vanaf het begin is er iets aan hem dat me angst aanjaagt. Hij is zo anders dan de jongens met wie ik altijd uitging. Volgens mij is hij tot alles in staat. En ik ben volledig aan hem overgeleverd.

Heel even overweeg ik me weer te verzetten. Dat is wat men zou doen in mijn situatie, nietwaar? Dat zou dapper zijn.

Maar ik doe het niet. Ik bespeur een duisternis in hem, een afwijking. Die schoonheid verbergt iets monsterlijks en ik wil niet degene zijn die het wekt. Ik heb geen idee wat er dan zal gebeuren.

Daarom blijf ik doodstil staan en laat ik hem me kussen. Ook wanneer hij me oppakt en naar het bed draagt, verzet ik me niet. In plaats daarvan sluit ik mijn ogen en geef ik me over aan de gevoelens die hij in me oproept.

~

Verwrongen is nu verkrijgbaar. Ga naar mijn website www.annazaires.com/book-series/nederlands/ voor meer informatie en om je in te schrijven voor mijn releasemailing.

In de nabije toekomst hebben de Krinar het voor het zeggen op aarde. De Krinar komen uit een ander universum, zijn veel verder ontwikkeld dan wij en zijn een mysterie voor ons – en wij zijn aan hen overgeleverd.

De verlegen, onschuldige Mia Stalis leidt een serieus studentenleven in New York City. Net als de meeste mensen heeft zij nooit contact gehad met de Krinar. Maar op een dag in het park komt daar verandering in. Korum laat zijn oog op haar vallen en vanaf dat moment heeft ze te maken met een krachtige, gevaarlijk verleidelijke Krinar die haar wil bezitten en zich daar door niets of niemand van laat weerhouden.

Hoe ver zou jij gaan voor je vrijheid? Hoeveel zou jij opgeven om de mensheid te helpen? Welke keuze zou je maken als je begint te vallen voor je vijand?

Ademhalen, Mia, ademhalen. Ergens in haar achterhoofd bleef een rationeel stemmetje die woorden herhalen. In diezelfde vreemd opmerkzame hoek van haar brein viel haar op hoe symmetrisch zijn gezicht was en hoe strak zijn goudkleurige huid om zijn hoge jukbeenderen en hoekige kaaklijn zat. Ze had wel foto's en filmpjes gezien van K, maar die vielen in het niet bij wat ze nu zag. Op een kleine tien meter afstand was het wezen simpelweg adembenemend.

Ze bleef naar hem staren, nog steeds als versteend, en hij rechtte zijn rug en begon naar haar toe te lopen. Of eigenlijk was het meer sluipen, bedacht ze, want zijn bewegingen deden haar denken aan die van een katachtige die een gazelle wilde verslinden. Al die tijd hield hij met zijn blik de hare vast. Naarmate hij haar dichter naderde, zag ze de gele vlekjes in zijn lichtgouden ogen en zijn dikke, lange wimpers.

Ze keek geschokt en ongelovig toe terwijl hij naast haar ging zitten op het bankje, op nog geen halve meter afstand. Hij glimlachte zijn witte tanden bloot. Zijn hoektanden waren normaal, merkte ze op met een of ander nog functionerend deel van haar brein. Niet eens een klein beetje langer dan anders. Dat was een mythe die een tijdlang over hen de ronde deed, net als dat ze niet tegen zonlicht konden.

'Hoe heet je?' Hij stelde de vraag op een haast spinnende toon. Zijn stem klonk laag en prettig, zonder enig accent. Zijn neusvleugels gingen een klein stukje naar buiten alsof hij haar geur opsnoof.

'Eh…' Mia slikte nerveus. 'M-Mia.'

'Mia,' herhaalde hij langzaam, om haar naam te proeven. 'Mia hoe?'

'Mia Stalis.' O shit, waarom wilde hij haar naam weten? Waarom zat hij hier tegen haar te praten? Wat deed hij überhaupt in Central Park? Dit was niet bepaald om de hoek bij de K-Centers. *Ademhalen, Mia, ademhalen.*

'Relax, Mia Stalis.' Zijn glimlach werd breder en er verscheen een kuiltje in zijn linkerwang. Een kuiltje? K hadden kuiltjes? 'Heb je nooit eerder een van ons ontmoet?'

'Nee.' Mia besefte dat ze haar adem inhield en liet hem met een zucht los. Ze was trots dat haar stem niet zo bibberig klonk als ze zich voelde. Moest ze het vragen? Wilde ze het weten?

Ze raapte haar moed bij elkaar. 'Wat eh…' Nog een keer slikken. 'Wat wil je van me?'

'Praten, op dit moment.' De ooghoeken van zijn gouden ogen rimpelden een beetje, alsof hij op het punt stond naar haar te lachen.

Vreemd genoeg maakte dat haar zo boos dat ze geen angst meer voelde. Als er één ding was waar Mia een hekel aan had, dan was het uitgelachen worden. Gezien haar kleine, magere lijf en haar algemene gebrek aan sociale vaardigheden – het directe gevolg van een lastige puberteit waarin ze te maken had gekregen met een beugel die de nachtmerrie was van ieder meisje, pluizig haar én een bril – had ze meer dan genoeg ervaring als mikpunt van spot.

Ze hief haar kin omhoog. 'Goed dan, en hoe heet jij?'

'Korum.'

'Alleen Korum?'

'We doen niet echt aan achternamen zoals jullie. Mijn volledige naam is veel langer, maar als ik je die vertelde, zou je toch niet weten hoe je hem moest uitspreken.'

Hmm, interessant. Ze herinnerde zich dat ze iets dergelijks had gelezen in *The New York Times*. Tot nu toe leek zijn verhaal te kloppen. Haar benen waren bijna gestopt met trillen en haar ademhaling werd weer wat kalmer. Misschien, heel misschien, zou ze dit wel kunnen navertellen. Het praten met hem leek wel veilig, hoewel de manier waarop hij haar met die geelachtige ogen bleef aanstaren zonder te knipperen zenuwslopend was. Ze besloot hem aan de praat te houden.

'Wat doe je hier, Korum?'

'Zoals ik al zei: ik ben met jou aan het praten, Mia.' Hij klonk vermaakt.

Mia zuchtte gefrustreerd. 'Ik bedoel waarom je hier in Central Park bent; waarom je in New York City bent.'

Hij glimlachte weer en hield zijn hoofd een beetje schuin. 'Misschien wel in de hoop dat ik een mooi meisje met krullen zou ontmoeten.'

Oké, nu was het mooi geweest. Hij was haar

duidelijk aan het dollen. Nu ze weer een beetje helder kon nadenken, realiseerde ze zich dat ze midden in Central Park waren, waar ongeveer een triljoen mensen hen konden zien. Ze keek voorzichtig rond om te zien of haar vermoeden klopte. En inderdaad. Hoewel mensen logischerwijs afstand hielden van haar bankje en de buitenaardse man die erop had plaatsgenomen, waren er wat verderop een paar dapper genoeg om naar hen te kijken. Sommigen maakten zelfs voorzichtig opnames met hun smartwatchcamera. Als de K haar iets zou doen, zou het in no time op YouTube staan. Daar was hij zich ongetwijfeld ook van bewust. Restte nog de vraag of het hem iets kon schelen.

Maar goed, aangezien ze nooit een filmpje had gezien van een K die een studente aanvalt midden in Central Park, leek het haar dat ze relatief veilig was. Mia pakte voorzichtig haar laptop op en wilde hem terugstoppen in haar rugtas.

'Laat me je daarmee helpen, Mia…'

Voor ze met haar ogen kon knipperen, voelde ze hem de zware laptop overnemen uit haar plotseling krachteloze vingers. Hij raakte heel licht haar knokkels aan en een gevoel dat leek op een lichte elektrische schok schoot door Mia heen. Haar zenuwuiteinden tintelden ervan.

Hij pakte haar rugtas en stopte de laptop er behoedzaam in, in één soepele beweging. 'Zo, opgelost.'

O god, hij had haar aangeraakt. Misschien was haar theorie over de veiligheid van de openbare ruimte complete bullshit. Ze voelde haar ademhaling weer versnellen en haar hartslag was waarschijnlijk gevaarlijk hoog aan het worden.

'Ik moet nu gaan… Doei!'

Hoe ze het voor elkaar kreeg om die woorden eruit te persen zonder te hyperventileren, zou ze nooit begrijpen. Ze pakte het hengsel van de rugtas die hij zojuist had neergezet en sprong op – haar eerdere versteendheid was opgeheven.

'Doei, Mia. Tot later.' Zijn licht spottende stem klonk door de heldere lentelucht terwijl ze wegliep, zo haastig dat ze bijna rende.

Aanraking is nu verkrijgbaar. Ga naar mijn website www.annazaires.com/book-series/nederlands/ voor meer informatie en om je in te schrijven voor mijn releasemailing.

Anna Zaires is verslaafd aan boeken sinds ze op vijfjarige leeftijd van haar grootmoeder leerde lezen. Haar eerste korte verhaal schreef ze niet lang daarna. Sindsdien leeft ze gedeeltelijk in een fantasiewereld waarin alleen haar eigen verbeelding de grenzen bepaalt. Momenteel woont Anna in Florida. Ze is gelukkig getrouwd met Dima Zales (een auteur van science fiction- en fantasyboeken). Al hun boeken komen door nauwe samenwerking tot stand.

Voor meer informatie, zie www.annazaires.com/book-series/nederlands/.